アネモネの姉妹
リコリスの兄弟

The sister of Anemone, the brother of Lycoris.

Kazue Furuuchi

古内一絵

キノブックス

目次

イラストレーション　オオノ・マユミ
ブックデザイン　鈴木成一デザイン室

第一話

アネモネの姉妹

クリーム色のクッションに、アイボリーホワイトのテーブルクロス。柔らかな色彩で統一されたリビングに、陽春のうららかな日差しが満ちる。

隅々まで掃除の行き届いた部屋を、遠山絹子《とおやまきぬこ》は満足げに眺めた。

ランプシェードつきの室内灯も、飾り棚の上の置時計も、すべて絹子がこだわり抜いて選んだものだ。まるでファッション誌のグラビアページに登場するような、理想的な空間だ。

絹子の形のよい唇に、微《かす》かな笑みがのぼる。

世間的に見ても、三十半ばで都内一等地の一戸建てで暮らしている専業主婦は滅多にいない。

同世代の女たちは、既婚未婚にかかわらず、皆、髪を振り乱して仕事や日々の生活に追われている。

少しテーブルの上が寂しいことに気づき、絹子は先週作ったばかりのハーバリウムの瓶《びん》を棚から取り出した。

ハーバリウムは、もともとは植物の品種を保存するための「植物標本」だったと聞く。だが、色鮮やかな花を長期的に鑑賞できる特徴が受けて、最近ではインテリアとして女性たちの間で人気がある。ドライフラワーやプリザーブドフラワーを抗酸化力の強いシリコンオイルに漬け込むため、水を換える手間もなく、半永久的に美しい姿を楽しむことができるのだ。

手にしたハーバリウムを、絹子は陽光に透かしてみた。

大ぶりの真っ赤なアネモネが、透明な硝子《ガラス》瓶の中で、金魚のようにゆらゆらと揺れている。花弁の散りやすいアネモネのような繊細《せんさい》な花でも、ハーバリウムにすれば、いつまでも艶《つや》やかな外見を保つことがかなう。

枯れない花――。それは絹子が最も求めているものでもあった。

ふと視線を上げ、硝子棚に映る己の姿を眺める。

陶器のように白い肌。艶のある豊かな栗色の髪。上質な絹のブラウスに包まれた身体はしなやかでほっそりとしている。

三十四歳になった今も、絹子は充分に瑞々《みずみず》しく、美しい。この状態をいつまでも保ち続けることが、今後の絹子の最大の目標だった。そのためなら、どんな努力だってしてみせる。

努力――。それは、絹子の矜持《きょうじ》ともいえる。

絹子は決して、今の生活に胡坐《あぐら》をかいているわけではない。そこで必要とされるものを敏感に察し、常に学び、習得してきた。

資産家の息子である夫の和彦《かずひこ》と違い、絹子は平凡な家庭の生まれだ。自分がサラブレッドでないと知っているからこそ、己を磨く努力は怠《おこた》ってこなかった。

考えてみれば、子供の頃から今に至るまで、ずっとそうだ。

両親の期待、教師の期待、恋人の期待、夫の期待、義父母の期待――。自分に寄せられるすべての期待を、絹子は裏切ったことがない。

だからこそ、ここまでこられた。

誰からも羨《うらや》まれる生活環境は、たゆまぬ努力の賜物《たまもの》でもあるのだ。

小さく息をつき、絹子はハーバリウムをクロスの上に置いた。アイボリーに鮮やかなアネモネの赤が映え、テーブルが一気に華やぐ。

でも、これだけじゃ足りない。

ここに、最高のお菓子とお茶がそろわなければ、本当の贅沢《ぜいたく》な生活とは言えない。

飾り棚の上の置時計に視線をやれば、午後一時を少し過ぎたところだ。

そろそろ客人のための準備をしよう。

絹子は長い髪を一つにまとめて、リビングを出た。

フードプロセッサーや食器乾燥機を備えた最新式のシステムキッチンに入り、ブラウスの上からエプロンを締める。

ハーバリウム作りのほかにも、絹子は様々な手作り教室に参加していた。

その中でも一番長く通っているのが、ヨーロッパ帰りのマダムが主催する料理教室だった。

輸入食材をふんだんに使う料理教室は、材料費だけでもかなりの額になる。一緒に料理を習っているのは、バブル世代と思われる裕福そうな年上の奥様ばかりだ。最年少にもかかわらず、絹子はそこでも優等生ぶりを発揮し、マダムから特別に可愛がられていた。

今日はマダム直伝《じきでん》の、この時期にしか食べられない特別なタルトを作るのだ。シンクの前に立ち、絹子はブラウスの袖《そで》をまくった。

シンクに置かれたボウルの中では、サクランボが艶々と輝いている。

小粒で紅色のサクランボは、アメリカ産のダークチェリーとも、日本の佐藤錦《さとうにしき》とも違う。この日のために、絹子はフランス産のグリオットチェリーをわざわざ取り寄せていた。

フランス菓子の代表ともいえるタルトを作るなら、フルーツも本場の旬のものを使う。それが、料理研究家として長年ヨーロッパで暮らしていたマダムのこだわりでもあった。手間や費用はかかるが、確かにそれだけの価値はある。

酸味の強いグリオットは、砂糖煮《コンポート》にすると爽《さわ》やかさが引き立つ。アーモンドクリームを流した生地に、グリオットコンポートを敷き詰めたタルトは、大味なチェリーパイとは一線を画《かく》した繊細で贅沢な味わいになるのだ。

コンポートを作る鍋にバニラビーンズを入れながら、衣食住のすべてがそろった生活に、絹子は改めて充足感を覚える。

何事においても器用な絹子は、マダムの指導の下、めきめきと料理の腕をあげた。

家族経営の老舗《しにせ》専門商社で重役を務める和彦が、突然客を連れて帰ってきても、ちょっとしたフルコースを用意することくらい、お手の物だ。絹子の料理の腕前は、義父母からもおおいに称賛されている。

当然だ。

だって、私は常に努力をしているもの。

単なる玉《たま》の輿《こし》なんかじゃない。私は、他の皆とは違うのだ。

特に、あの子とは――。

無意識のうちに顎《あご》が上がる。

いつの間にか鍋が沸騰《ふっとう》していることに気づき、絹子は慌てて火をとめた。後は落し蓋をして粗熱《あらねつ》が取れれば、コンポートは完成だ。タルトの生地は既に冷蔵庫に寝かせてあるので、大方の準備が整ったことになる。

絹子はエプロンを外し、再びリビングに戻った。

飾り棚の上の置時計が、午後二時を指している。そろそろ客人がやってくるはずだ。

絹子はソファに腰を下ろし、雑誌を手に取る。ぱらぱらとページをめくっていると、テーブルの上のスマートフォンが微かな電子音をたてた。

液晶画面に、妹の綾子《あやこ》の名が表示される。

「もしもし、綾ちゃん？」

絹子がスマートフォンを手に取ると、息せき切ったような綾子の声が耳朶《じだ》を打った。

「もしもし、お姉ちゃん……！」

周囲がざわついているせいか、もともとくぐもっている綾子の声は余計聞きづらい。

「早かったのね。もう駅に着いたの？」

「そ、それが……」

穏やかに尋ねた絹子を遮《さえぎ》り、綾子が堰《せき》を切ったように言い訳を始めた。

「家を出るときバタバタして、ちょっと遅くなっちゃったの。でも、本当に、ほんの五分くらいの遅れだったんだよ。でも、この時間の都営線って、十分も間が空いてて……、地下鉄なのに、十分もこないんだよ。酷《ひど》くない？　それでも十五分くらいの遅れだったのに、私《わたし》、私鉄って普段そんなに乗らないから、なんか反対方向に乗っちゃったみたいで、しかも、それ、急行だったから、途中で全然とまってくれなくて、今、わけ分かんない駅に着いちゃって……」

しどろもどろに話し続ける綾子に、絹子は眉《まゆ》を顰《ひそ》める。

「綾ちゃん、分かったから、落ち着いて。私は家にいるんだから、少しくらい遅れても大丈夫よ」

内心の苛立《いらだ》ちを悟られぬように、できるだけ優しい口調で告げれば、綾子は電話口で盛大に安堵《あんど》の息を吐いた。

「で、今どこにいるの？」

妹から駅名を聞き出し、絹子は置時計に視線を向けた。結局、約束の時間より一時間ほど遅れることになるようだ。

綾子は幼い頃から、愚図《ぐず》で方向音痴だった。

今年で三十歳になるのに、妹のこういうところはいつまでたっても変わらない。

「焦らなくていいから、ゆっくりきてちょうだい」

「ありがとう……。ありがとう、お姉ちゃん」

礼を繰り返す綾子の声を半《なか》ば疎《うと》ましく感じながら、絹子は通話を終わらせた。

相変わらず、愚鈍《ぐどん》だこと。

我知らず、絹子の口元から溜め息が漏《も》れた。

でも、こんなことで腹を立てても仕方がない。もともと、綾子が約束の時間に現れたためしなどないのだから。

どうせまた、出がけのぎりぎりまで寝ていたに違いない。焦って家を飛び出し、乗り継ぎを間違えて、子供のようにべそをかいている妹の姿が眼に浮かぶ。

互いに成人してから、二人きりで会うことは数えるほどしかなかったが、そのたびに、綾子は大幅に遅刻した。

本当に、あんな子が自分の妹だとは思えない。

白《しら》けた気分を切り替えようと、絹子はスマートフォンにインスタグラムを立ち上げた。

ＳＩＬＫというアカウントで公開している絹子のインスタグラムには、千人近いフォロワーがいる。絹子はそこで、自分が毎日作る料理やお菓子の写真を披露していた。

昨夜アップしたカボチャのバヴァロアに、三桁に及ぶ「いいね！」がついている。

バヴァロアもタルトと同様、フランスの古典菓子の一つだが、絹子がレシピを披露したのはデザートではなかった。干し椎茸《しいたけ》と昆布の出汁《だし》を使った、オードブルのバヴァロアだ。つけあわせには、旬のホワイトアスパラガスと、セルフィーユやディル等のハーブが添えてある。

〝ＳＩＬＫさん、いつも素敵な写真とレシピをアップしていただき、ありがとうございます。バヴァロアと言っても、よくある甘いのではないんですね。さすがです！〟

〝和風の出汁を使っているところが新鮮です〟

〝カボチャの黄色に、ホワイトアスパラガスの白、ハーブの緑と、配色的にも最高です〟

「いいね！」とともにたくさんの称賛コメントが届いていた。一つ一つを読みながら、絹子は再び気分が高揚《こうよう》してくるのを感じる。

大勢の人から注目してもらえるのは、本当に気持ちがいい。

和風出汁を用いたオードブルのバヴァロアは単にマダムの受け売りだが、ここでそれを打ち明ける必要はないだろう。インスタグラムはただのＳＮＳで、営利的なものではない。名前もハンドルネームだし、身元がばれるようなことは書いていない。

ＳＩＬＫこと、絹子がアップする料理やハーバリウムの画像は、常に称賛の的《まと》だった。

今日もグリオットのタルトが完成したら、綺麗に飾りつけて写真を撮ろう。

この日は表向きには綾子の〝お祝い〟だが、当の妹がこようがこまいが、実のところたいして関係がなかった。

それに――――。

下腹部にそっと手をやり、絹子は密《ひそ》かな笑みを浮かべる。

一般的な症状が、まだ自分の身に現れていないのは幸いだった。おかげで、マダム仕込みの料理の腕を今しばらく振ることができる。

ソファにもたれ、絹子は軽く伸びをした。いずれにせよ、綾子が到着するまで相当時間がある。

絹子は画面をツイッターに切り替えて、タイムラインを眺めた。不祥事を起こした芸能人を非難する声、案じる声、テレビドラマの感想、仕事の愚痴《ぐち》、誰かへの当てこすり――。匿名の人たちの呟き《ツイート》が、大量に現れては消えていく。

次々と流れていくタイムラインを見るともなしに見ているうちに、絹子はあるハッシュタグに眼を留めた。

＃　花言葉診断

ハッシュタグをクリックすると、たくさんの花言葉が並んでいる。利用者のツイートによれば、「自分にとって一番必要な言葉」が表示されるという。

名前を打ち込むと表示されるこうした診断は、おみくじ的なウェブサービスだ。

〝すごくいいお言葉、いただきました！〟

〝まさに、それっていう状況です〟

〝蘊蓄《うんちく》としても面白いです〟

ほとんどのツイートがこの診断に好意的だった。

自分にとって一番必要な言葉――？

軽い好奇心に駆《か》られ、絹子はＵＲＬをクリックしてみる。リンク先に画面が飛び、空欄が現れた。

ＳＩＬＫ。ハンドルネームを打ち込んだ後、絹子は少し考えてそれを削除した。診断結果をツイートしなければ、それが拡散されることもない。せっかくのおみくじなら、本名で試してみようと思い立つ。

遠山絹子。

本名を打ち込むと、すぐに診断結果が出た。

アネモネ——花言葉「嫉妬のための無実の犠牲」

絹子は小さく眼を見張る。思わず、テーブルの上のハーバリウムを見やった。大ぶりの真っ赤なアネモネが、透明な硝子瓶の中で艶やかに咲いている。

偶然とはいえ、自分がハーバリウムに選んだ花が現れ、少しだけ心が騒いだ。

すぐに解説を読んでみた。

西風の神ゼピュロスに恋された美しい少女は、その妻クローリスの嫉妬《しっと》の怒りに触れて命を落とす。自責の念に駆られたゼピュロスは、アフロディテに頼み、亡骸《なきがら》を花に変えてもらう。

嫉妬の犠牲になった少女の亡骸から咲いた花が、アネモネ。

大きな花弁の美しい花だが、強い風を受ければ、儚《はかな》く散ってしまう。アネモネという言葉は、ギリシャ語の「風《アネモス》」に由来するという——。

そう言えば、花言葉は大きく分けて、ギリシャ神話と聖書に起源を持つものがあるのだっけ。

解説をスクロールしながら、絹子は思いを巡らせる。

そのほかにも時代によって意味が異なり、近代のフランスでは花言葉の意味を取り違えた恋人同士が仲違いするシニカルな寓話《ぐうわ》の流行《はや》った時期があったと、ヨーロッパ暮らしの長かったマダムから聞いた覚えがある。

ここに表示されている花言葉も、たくさんある解釈のうちの一つに過ぎないのだろう。

嫉妬のための無実の犠牲。

それでも、その言葉は、絹子の心の深いところを刺激した。

〝ありがとう……。ありがとう、お姉ちゃん〟

ふいに先程の、綾子の声が甦《よみがえ》る。

〝ありがとう、お姉ちゃん〟

あのときも、綾子はそう繰り返して泣いていた。

遠い日の記憶が脳裏《のうり》をよぎる。

スマートフォンをテーブルの上に伏せ、絹子は立ち上がった。寝室に入り、化粧箪笥《タンス》の一番下の引き出しをあける。そこには、結婚したときに母から贈られた、子供時代のアルバムが入っていた。

化粧箪笥の前の丸椅子に腰かけ、絹子はアルバムを開いてみた。

七五三。小学校の入学式。中学校の入学式。

懐かしい記念写真が並んでいる。ピンク色の振袖《ふりそで》を着たあどけない姿。胸にリボンを結び、ブレザーを着た制服姿。背筋を伸ばして写真の中央に写っている絹子は、いかにも〝自慢の娘〟といった佇《たたず》まいだ。まだ髪が黒々とした若々しい両親にかしずかれるようにして、カメラのレンズを真っ直ぐに見つめている。

この頃から自分は、他人にどう見られるかをはっきり意識していたと思う。

アルバムから視線を上げ、絹子は鏡台《きょうだい》の中の自分を見つめた。

くっきりとした二重目蓋《まぶた》と大きな黒い瞳は母から。色白の細面《ほそおもて》と癖のない豊かな髪は父から。

絹子は幼い頃から、父と母の美点を受け継いで生まれてきたと、周囲に誉めそやされてきた。

でも、だからこそ、常に平均点以上を求められた。

絹子ちゃんは、可愛い。絹子ちゃんは、賢い。絹子ちゃんは、なんでもできる。

いつしか、それが当たり前になっていった。

それに比べて――。

アルバムをめくっていくと、途中から、もう一人の少女が現れる。

腫《は》れぼったい一重目蓋、うねうねとうねる癖毛《くせげ》。母とよく似た寸胴《ずんどう》の体型はいささか肥満気味だ。

しかも妹の綾子は、どの写真でも上《うわ》の空《そら》で、まともにレンズを見ていない。

四歳年下の妹と並んでいると、誰もが綾子に同情的な眼差しを向けた。

綾ちゃんは、お父さんとお母さんの悪いところばっかり引き継いじゃったのね……。

母までが、そんなことを口にした。

もっとも当の綾子は、誰の眼にも明らかな容姿の差に、それほど頓着《とんちゃく》していないようだった。常に他人の視線を気にしていた絹子とは対照的に、綾子は傍若無人《ぼうじゃくぶじん》なまでに傍目《はため》を気にしない。自分が面白ければ、その姿が他人の眼にどう映ろうが、歯牙《しが》にもかけていなかった。

いつもぼんやりしている綾子は、絵を描くときだけ、驚くほどの集中力を発揮した。

もちろん、絹子も「お絵描き」は好きだった。だが、画用紙に向かう綾子には、遊びを超越したような異様な迫力があった。クレヨンがあっという間になくなるほど、妹は線や色を執拗《しつよう》に塗り重ねた。

普段はうるさく絹子につきまとってくるのに、一緒に写生にいったときだけは、綾子は何時間でも一人の世界に没頭した。

なにを描いているのか、さっぱり分からない。

お姉ちゃんのは写生だけど、綾ちゃんのは〝落書き〟だね。

大人たちは、顔や服までクレヨンまみれにしてしまう綾子をそう言って笑っていたが、絹子はそんな妹のことが、どことなく気に障《さわ》った。

綾子には、自分に見えていないものが見えているようで。

見本さえあれば、絹子はなんでもうまくできる。絵だって、上手に描ける。

しかし言い換えるなら、両親や教師が示す手本がないと、どこを見ていいのかが分からない。

カメラのレンズを真っ直ぐに見られない綾子の眼が、一体なにを見ているのか。

綾子の眼に、この世界はどんな風に映っているのだろうか。

もし自分が妹の立場なら、とても耐えられない。姉に比べてなぜ自分だけが不器量で不器用なのか、世界をおおいに呪うだろう。

それなのに、綾子はどうしてこんなに鷹揚《おうよう》に構えていられるのだろう。

考えても考えても分からない。

ただ一つだけ分かるのは、顔や服が汚れてしまうのに気づかないほど夢中になれるものが、絹子自身にはないということだった。

もっとも、そうまでして夢中になった綾子の〝落書き〟は、大人たちのお眼鏡にはかなわなかった。すべてにおいて「よくできる」だった絹子に対し、綾子は図工も体育もその他の科目もほとんどが「もっとがんばりましょう」だった。

優等生で器量よしの姉と、劣等生で不器量な妹。

この構図は、随分長い間、固定化されていた。恐らく今でも、その範疇《はんちゅう》は無効化されていない。

でも――。

きっと誰も気づいていない。

美しくて優秀な姉が、愚図で不束《ふつつか》な妹に、自分でも理由の分からない猛烈な嫉妬を感じる瞬間があることに。

絹子の美点は分かりやすい。ただ、それだけに、薄い。

皮肉にも、そのことに一番初めに気づいたのは、絹子自身だった。

それでも絹子は、自分の優位性を保つために腐心《ふしん》した。周囲の大人たちを騙《だま》すのなんて、簡単だ。愚鈍な妹の世話をする、優しい姉でいればいい。

そうすれば、ずっと〝いいお姉ちゃん〟でいられる。

手本がなければなにもできない薄っぺらさを、見透かされずに済む。

絹子の悲壮《ひそう》な覚悟を知ってか知らずか、綾子はいくつになっても、自分の関心のないことにはとことん上の空だった。

長女だった絹子は父からも母からも手をかけられたが、その分、ある程度厳しい躾《しつけ》を受けてきた。人前で騒ぐことは禁じられたし、食事の好き嫌いも許されなかった。

ところが次女の綾子は、なぜだかそうしたことを幼少期からほとんど許されてきた。

お姉ちゃんはできるけど、綾ちゃんはできないものね――。

あきらめたようなことを言いながら、父も母も綾子を甘やかした。容姿の劣る妹は、親の眼からも不憫《ふびん》に映ったのかもしれない。食事を疎《おろそ》かにしてお菓子ばかり食べているせいで、綾子はいつも肥満体だった。

太る体質は、私のせいだね。

そんな綾子を、母は自己憐憫《じこれんびん》のように抱きしめた。

いつまでたっても子供の妹。可愛い、賢いと誉められながら、常に平均点以上を取ることを強《し》いられ続けた姉……。

いつの間にか唇を噛《か》んでいる自分に気づき、絹子はハッとする。鏡の中から、険《けわ》しい顔をした女がこちらを見ていた。

慌てて眉間《みけん》のしわをほどき、絹子は一つ息をつく。

母が、最近よく耳にする、所謂《いわゆる》〝毒母〟だったとまでは思わない。けれど、幼少期における母親の姉妹《きょうだい》に対する態度の違いは、心の奥底に意外なほど深い傷を残す。

もう四半世紀近く前のことなのに、今も胸を離れない記憶がある。

普段、心の奥底に沈んでいるそれは、深い沼の鯉《こい》が時折《ときおり》水面《みなも》に姿を現すように、ふいに閃《ひらめ》く。

眼を閉じると、目蓋の裏に、真夏のアスファルトが広がった。

湯気が立つほど熱されたアスファルト。急な坂の向こうには、ぎらぎらと銀色に輝く逃げ水が見える。両腕に二人分のランドセルを抱えた絹子は、必死に急坂を上っていた。

小学校時代、綾子はなにか気に入らないことがあると、学校にすべての荷物を置いたまま、勝手に家に帰ってしまった。そのたび、絹子は綾子の担任に呼び出された。

大丈夫です。私が持って帰ります。

言い出したのは、絹子自身だったかもしれない。

絹子はいつだって、自分の株を上げる方策を知っていた。

悪いわね。お願いね――。

ただ、そんなふうに労《ねぎら》われるのは最初の内だけだ。やがてはそれが当たり前になる。それでも一度上がった株を下げることはできない。

両手のふさがった絹子は、こめかみを伝《つた》う汗をぬぐうこともできず、顎を突き出して一歩一歩坂を上った。その日はプールの授業があったため、二つのランドセルのほかに、濡れた水着の入った体操着袋まで持たなければならなかった。

授業とは関係のないものでも入っているのか、綾子のランドセルは酷く重い。

苦しい息の下、視線を彷徨《さまよ》わせると、前方に長い紐《ひも》のようなものが道一杯に横たわっている。

眼を凝らし、絹子は足をすくませた。

自動車にひかれて潰《つぶ》れた、蛇《へび》の死骸《しがい》だ。

怖い、嫌だ、気持ち悪い。

なにもかもを投げ捨てて、逃げてしまいたい。

誰か助けて――。

絹子は泣き出したい気持ちで周囲を見回した。けれど、真昼の通学路には人っ子一人いない。

歯を食いしばり、絹子は道の真ん中に落ちている死骸を跨《また》いだ。

細くて長い死骸の上を越えかかった瞬間、いきなり蛇が生き返って、脚に巻きついてくるのではないかと恐怖で一杯になった。

目蓋を閉じると、本当に涙がこぼれた。

震える脚をなんとか前に出してやり過ごしたとき、絹子は全身汗びっしょりになっていた。

ようやく家に到着すると、台所で母と綾子がかき氷を食べていた。授業の途中で勝手にクラスを抜け出したにもかかわらず、綾子は何事もなかったかのような顔をしていた。母にもそれを咎《とが》めている様子はまったくなかった。

二人分のランドセルを手に、呆然《ぼうぜん》と立ち尽くしている絹子に気づき、綾子が屈託《くったく》のない声をあげる。

「あ、お姉ちゃんに見つかっちゃった」

「本当だ、見つかっちゃった。氷、二人分しかなかったのにねー」

母は笑いながら、綾子を抱きしめた。

母と妹にとっては、なんでもないことだったのだろう。優秀な姉なら、未熟な妹の世話を焼くくらい当然だと、母も思っていたのだろう。

けれど、母と二人きりで氷を食べていた妹を、その日、絹子は激しく憎んだ。

夕刻、絹子は一人で外に出て、普段なら絶対に口を利《き》かない、近所の悪童《あくどう》たちに声をかけた。

全身泥だらけになって遊んでいる、野蛮《やばん》で汚らしい男子たちは、絹子に声をかけられるとたちまち有頂天《うちょうてん》になった。

「ねえ、私と綾子、どっちが可愛い？」

浮かれる男子たちを前に気が緩《ゆる》み、絹子はついそんなことまで口にした。

「そんなの決まってんじゃんよ」

「比べるまでもねえよなぁ」

「だって、月とスッポンじゃん」

男子たちは、にやにやと笑い合っていた。

その晩、夕食のテーブルで絹子は綾子に告《つ》げた。

「明日、ちゃんと最後まで学校にいたら、お姉ちゃんが一緒に帰ってあげるよ」

「本当？　お姉ちゃん」

高学年になってから英会話クラブに入った絹子と久々に帰れると聞き、綾子は無邪気に喜んだ。

「じゃあ、ちゃんと最後まで学校にいる」

「そうね。途中で帰ったりしちゃ駄目だからね」

優しく妹を諭《さと》す姉の姿を、父も母も、眼を細めて眺めていたはずだ。

翌日の放課後、昇降口に、綾子の悲鳴が響き渡った。

綾子の靴の中に、蛇の死骸が入れられていたからだ。

「大丈夫。今取ってあげるからね」

泣き叫ぶ綾子の前で、絹子はそれを取り去ってやった。

あのとき指先に当たった鱗《うろこ》の感触。靴の中からぞろりと出てきた潰れた蛇の重さ。

今思い出しても、背筋が粟立《あわだ》つ。

「お姉ちゃん、ありがとう……。ありがとう、お姉ちゃん」

涙で顔をべたべたにしながら、綾子は繰り返していた。

ありがとう、お姉ちゃん――。

回想の中の幼い泣き声が、先程の電話口の綾子の声に重なる。

いいのよ、綾子。

目蓋を開き、絹子は薄く微笑《ほほえ》む。

いくらでも優しくしてあげる。私はあなたの〝いいお姉ちゃん〟なのだから。

子供っぽい男子たちを焚《た》きつけて、蛇の死骸を靴の中に入れさせたのは、実は私だったけれど。

でも、それくらい仕方ない。だって、あなたは狡《ずる》いもの。

私は〝いい子〟でなければ許されないのに、なんの努力もしないあなたはどうしてそんなに簡単に誰からも許されるの？

それに――。

お手本に倣《なら》うしかない私と違い、あなたは平然と自由になってしまった。

綾子の絵の才能が、突如爆発的に開花したのは、中学に入った頃だ。小学校卒業後、絹子は中高一貫のお嬢様学校に進学した。妹の綾子は、公立の落ちこぼれのはずだった。

ところが中学生になった途端、それまで笑われるだけだった綾子の絵が、急に学生コンクールの賞を取るまでになった。

勉強嫌いの妹が美大に進学することはなかったが、独学で絵を続け、最近、ついに大手出版社の装画コンペティションで優勝した。一等になった綾子の作品は、ベストセラー作家の最新作の表紙を飾ることになった。

書店にいけば、店頭の多くの棚に、綾子の装画の本が平積みになっている。

随分と、お偉くなったものじゃない――。

再び絹子の表情に、険阻《けんそ》なものが浮かぶ。

でもね、綾ちゃん。

最後に勝つのは、この私だから……。

三面鏡を見つめ、絹子は緩《ゆる》やかに口角を上げた。いつもの余所行《よそゆ》きの顔が、三面鏡の中にいくつも連なる。

アルバムを閉じて、絹子は立ち上がった。寝室に飾ってある夫との写真を手に、リビングに戻る。和彦と顔を寄せ合っている、とりわけ幸せそうな写真を、アネモネのハーバリウムの隣に置いてみた。

そろそろ妹が最寄り駅に到着するだろう。

お茶の準備をして、グリオットのタルトの仕上げに取り掛かろう。

エプロンをつけながら、絹子は下腹部にそっと手を当てた。

今日は、名目上は妹のコンペティション優勝のお祝いだけれど、本当はもう一つ目的がある。

綾ちゃん――。

あなた、和彦さんのことが好きだったでしょう。一緒に参加したボランティア活動で、彼と知り合ったときから、ずっと。

夫の和彦とは、妹と共に出席した震災ボランティアの集会で出会った。会社のCSR活動の一環で、ボランティアの指揮を執《と》っていた和彦に、綾子はすっかりのぼせあがった。

苦労知らずのお坊ちゃまの理想主義に趨《はし》った言動は、ときにベテランボランティアたちの失笑を買うこともあったのだが、世間に疎《うと》い綾子は純粋に傾倒《けいとう》した。和彦のノーブルな佇《たたず》まいも、綾子には新鮮だったのだろう。

綾子自身は隠していたつもりだったかもしれないが、絹子には、手に取るようによく分かった。

だから、和彦に近づいた。

老舗専門商社の御曹司《おんぞうし》も、放課後泥だらけになって遊んでいた男子も大差ない。その気にさせて、手玉に取ることなんて簡単だ。

求められているものならよく分かる。彼らは押しなべて、単純で残酷だから。

彼らのシンプルな欲望は、分かりやすい絹子の美点にあっさりと囚《とら》われる。

綾子が初めて画廊から声をかけられたとき、絹子は和彦との結婚を決めた。

妹だけが幸せになることは許せない。

嫉妬のための無実の犠牲――。

それは綾ちゃん、あなたのことかもしれないね。

幸せなのは、あなたではなくて、この私。それをしっかりと分からせてあげる。

オーブンからタルトの焼けるいい匂いが流れだした頃、チャイムが軽《かろ》やかに鳴った。

いいタイミングだ。

最高のタルトと、最高の報告を、アネモネの妹にプレゼントしてあげよう。

エプロンを外し、髪を整え、絹子は玄関先に向かった。

「綾ちゃん、いらっしゃい」

聖母の如《ごと》く優しい笑みを頬に浮かべ、玄関の扉をあけてやった。

「お姉ちゃん、遅くなってごめんね」

駅から走ってきたのだろう。玄関先に現れた綾子は、息を乱し、頬《ほほ》を上気させていた。

中途半端な長さの髪の毛先はあちこちに跳ね、腫れぼったい一重の眼にはアイラインすら引いていない。眉毛も髪同様にぼさぼさだ。洗いざらしのシャツに、くたびれたジーパンはみすぼらしくさえ見える。

こんな恰好《かっこう》で電車に乗るなど、絹子には到底考えられないことだ。

「はい、これ」

いきなり両手一杯に抱えていたマーガレットの花束を差し出され、絹子は思わず顔を背《そむ》けそうになる。

「花屋さんで見かけて、あんまり可愛かったから、たくさん買ってきちゃった」

「……そう。ありがとう」

かろうじて礼を言ったが、絹子は綾子のセンスにほとほとあきれ果てた。

いくら姉妹とはいえ、久々に会うのに、こんな普段使いの花を持ってくるなんて。

生花店も贈答用だとは思わなかったのだろう。ただ切っただけの花は、クラフト紙に無造作にくるまれている。

「綾ちゃん、あなた、服に花粉がついてるわよ」

「え！　やだ、本当だ」

絹子の指摘に、綾子はシャツの胸の部分を押さえた。恐らく抱えて走っている間に接触したのだろう。水色のシャツの胸元に、マーガレットの黄色い花粉が点々と付着している。

マーガレットの花粉は厄介《やっかい》な代物だ。一度衣服につくと、なかなか落ちない。おまけに、野性的なマーガレットは、肥《こ》やしのようなきつい臭いを振りまくのだ。

絹子は自分の上質のブラウスに花粉がこぼれないように、花束をさりげなく身体から遠ざけた。

こんなの、どこにも飾れない。

キッチンに持ち込むのも、リビングに置くのも嫌だった。

「今日は綾ちゃんのお祝いなんだから、気遣いなんていらなかったのに」

「でも、すごく、可愛かったから」

無邪気に笑う綾子に、絹子は内心苦虫を噛《か》み潰す。

どうせ綾子は、自分が気になったものにしか興味を示さない。誰かに贈り物をするときも同じことだ。自分が好きなものを迷わず差し出す。

それが相手にどう受け取られるかなど、考えたこともないのだろう。

「とりあえず、上がってちょうだい」

来客用のスリッパを勧め、絹子は廊下を先に立った。

「なんだか、いい匂いがするね」

絹子の後について歩きながら、綾子が鼻をうごめかす。

「グリオットの……」

言いかけて、絹子は言葉を呑《の》んだ。フランス産のグリオットチェリーのことなど、綾子が知るわけもないだろう。ふと、相手よりも自分の嗜好《しこう》を優先させているのは、綾子だけではないことに気づき、きまりが悪くなる。

でも、私はこの子とは違う。

絹子は慌ててその思いつきを打ち消した。

私は妹のように考えもなく、自分の好みを誰かに押しつけているわけじゃない。より上等なものを、提案しようとしているだけだ。

そのとき、綾子がなんでもないことのように呟《つぶや》いた。

「グリオットって、フランス産のさくらんぼのことだよね」

「え」

思わず、絹子の足がとまる。

まさか妹の口から、そんな言葉が出てくるとは思わなかった。

「綾ちゃん、よく知ってるのね」

「うん、ちょっとね」

不審を隠せない絹子の口調を気に留める様子もなく、綾子が淡々と続ける。

「だって、グリオットって、フランス語でさくらんぼって意味だから。スリーズとも言うけど……」

フランス語——？

勉強嫌いの綾子は、英語だってろくに話せないはずだ。

「たまたま知ってただけだけど」

絹子の沈黙に、綾子が照れたような笑みを浮かべる。

「もしかして、お姉ちゃん、グリオットのお菓子を作ってくれたの？」

「グリオットのタルトを焼いてみたの」

頷《うなず》いた瞬間、綾子が歓声をあげた。

「わあ、嬉しい！　グリオットって、フランスの初夏のお楽しみだよね。もしかして、生のグリオットをわざわざ取り寄せてくれたの？」

「ええ。加工されたグリオットは、甘すぎたりして、あまり美味しくないから」

絹子もなんとか、余裕の笑みを取り戻した。

生のグリオットは加工されたものと違い、透明感があって美しい。生食には向かないが、加熱することによって味に深みが増す。それに新鮮なものを調理すると、酸味に加えて独特のスパイス感が楽しめるのだ。

「さすが、お姉ちゃん！」

綾子は心底嬉しそうに、胸の前で両手を合わせた。

「グリオットのタルトって言ったら、この時期のフランスではお菓子の代表だもんね。そんな本格的なフランス菓子、日本で食べられるとは思ってなかったよ」

妹のはしゃぎ声を聞きながら、絹子は胸の奥に微かな不快感が湧くのを感じる。

わざわざ海の向こうから異国の旬の果物を取り寄せて菓子を焼くようなこだわりは、セレブと呼ばれる〝特別階級〟の主婦にのみ許される贅沢だと思っていた。

一体いつから、綾子はこんな蘊蓄めいたことを口にするようになったのだろう。

ひょっとして、最近つき合うようになった、大手出版社の編集者たちからの入れ知恵だろうか。

所詮は無名画家のくせに――。

黒い思いが胸に満ちる。

ふいにマーガレットの野性的な臭いが鼻を衝《つ》き、絹子は顔をしかめそうになった。

「タルトは冷めてからのほうが美味しいから、先にお茶を淹《い》れるわね。リビングで休んでいてちょうだい」

綾子をリビングに案内すると、絹子はマーガレットを持って洗面所に向かった。空《から》の洗濯籠《かご》に、マーガレットの花束を放り込む。

本当に、臭い花。

綾子が帰ったら、さっさと始末してしまおう。

洗面台の鏡に向かい、絹子はブラウスに花粉がついていないかを確認した。また、無意識に唇を噛んでいることに気づく。息を吐いて肩の力を抜き、胸元に垂《た》れる巻き髪を撫《な》でた。

アーモンド形の大きな眼は綺麗にカールした睫毛《まつげ》に縁《ふち》どられ、眉も美しく整えられている。

大丈夫。

私はあの子とは全然違う。

鏡の中の自分に微笑みかけ、絹子はキッチンに入った。

お湯を沸かし、ウェッジウッドのカップを温め、ダージリンティーを丁寧に淹れる。保温カバーをかぶせたポットをトレイに載せて運んでいくと、リビングのソファで、綾子がアルバムを見ていた。

絹子は小さく眼を見張る。

寝室から和彦との写真を持ち出したときに、どうやら一緒に手にしてきてしまったらしい。

「そのアルバム……」

絹子の声に、綾子が顔を上げた。

「懐かしいね、お姉ちゃん」

姉妹二人が並んだ写真を、綾子が指さす。

二人とも小学生の頃だろうか。長い髪を三つ編みにした利発そうな絹子はカメラのレンズを真っ直ぐに見つめ、おかっぱ頭で肥満気味の綾子はどこかあらぬ方向を見ていた。

「それにしても、この頃の私、ものすごく太ってる！」

他人事のように、綾子が驚いてみせる。

「考えてみたら、私、中学に入るまで、炭水化物とお菓子しか食べてなかったもんなぁ……」

それを家庭だけではなく、学校でも許されてきたのが、昭和生まれの自分と、平成生まれの綾子の違いなのだと絹子は思う。

絹子が小学生のときには、無理やり給食を食べさせようとする教師は多少なりとも存在したが、その後のゆとり教育の実施と共に、そうした強制は随分と緩和《かんわ》された。

四歳の年齢差は、家庭でも学校でも大きかった。

次のページをめくると、中学時代の絹子が現れる。

中高一貫の女子校に通うようになった絹子は、胸にリボンを結び、ピンクベージュのブレザーと、プリーツがたっぷり入った膝丈《ひざたけ》のスカートを身につけていた。

「この制服、すごく可愛い。お姉ちゃんに、よく似合ってたよね」

綾子が眼を細める。

「私が通った公立中学の制服なんて、グレーだよ、グレー。青春真っただ中だって言うのに、鼠色《ねずみいろ》って、一体、誰がデザインしたんだろうね」

憤慨《ふんがい》する綾子の前に、絹子は紅茶の入ったカップを置いた。ダージリンの爽やかな香りが、明るいリビングに漂《ただよ》う。

「ま、私が可愛い制服着たところで、お姉ちゃんみたいにさまになるとも思えないんだけど」

開き直ったように呟き、綾子は紅茶を一口啜《すす》った。

「美味しい……！」

「よかったわ」

眼を見張る綾子に、絹子は優越感を覚える。

どうせ普段はティーバッグの紅茶しか飲んだことがないのだろう。絹子が常備しているダージリンは、茶葉の風味が一番増すといわれる夏摘みのセカンドフラッシュ。百グラム数千円は下らない高級品だ。お湯の温度も淹れ方も、すべて指南書にのっとって、丁寧に淹れている。ウェッジウッドのカップの細い取っ手に指を絡《から》め、絹子もダージリン特有のマスカットのような芳香《ほうこう》を楽しんだ。

ふと、綾子が開いたままのアルバムの中学時代の自分と眼が合う。

ピンクベージュの制服は、今でもこの界隈《かいわい》に住む十代男女の憧れだ。その制服に身を包んだ絹子たちは、グレーの制服姿の公立中学の女子たちを、密かに〝ドブネズミ〟と呼んで嘲笑《ちょうしょう》していた。

写真の中の絹子は、なんの悩みも迷いもないような健《すこ》やかな眼差しをしている。

でも――。

正直に言うと、絹子は当時の自分のことをあまり思い出したくなかった。

なぜなら……。

「お姉ちゃん」

綾子が改まったように絹子を見る。

「なに、綾ちゃん」

物思いに耽りかけていた絹子は、慌てて穏やかな笑みを浮かべた。

「私、小学三年生になったときにお姉ちゃんが卒業しちゃって、ものすごく心細かったんだ」

それは確かだろう。

絹子は無言でカップに唇をつけた。

姉の自分が卒業すれば、授業の途中でなにもかも放り出して家に帰ってしまう綾子のランドセルを家まで運んでやる人間はいなくなる。学校の先生たちも随分と困ったはずだ。

「でも、中学と高校は、お姉ちゃんと一緒でなくてよかったよ」

アルバムの写真に眼を落したまま、綾子が呟くように言う。

「だって、小学校に通っている間中、お姉ちゃんのことを知ってる先生や友達から、なんで姉妹でこんなに違うんだって、いっつも比べられていたんだもの。低学年のときはなんとも思っていなかったけど、高学年になってからは、やっぱり気になった。中学や高校でも同じことを言われ続けたら、さすがにきつかったと思う」

綾子の言葉に、絹子は少し意外な気分になった。

自分の興味の赴《おもむ》くままに勝手気儘《かってきまま》をしているようにしか見えない妹が、周囲の意見を気にしていたとは思わなかった。

もっとも、絹子は高学年になった綾子の学校生活を間近に見ていたわけではない。小学校を卒業したときは、これで気紛《きまぐ》れな妹の尻拭いから解放されると、肩の荷が下りたような気分になった。

「ねえ、お姉ちゃん」

アルバムから視線を上げ、綾子が微かに眉を寄せる。

「お姉ちゃん、覚えてる？　私、小学五年生になった頃から、急に野菜食べるようになったでしょ」

「ええ……」

カップを持ったまま、絹子は頷いた。

それまで間食ばかりしていて、ろくに夕飯を食べなかった綾子が、いつの頃からか、決して食べようとしなかった酢の物や野菜の煮つけを、率先《そっせん》して食べるようになった。

たったそれだけのことで、〝綾子も大人になった〟と両親が誉めそやしていたことを、絹子は今でも覚えている。

長女の自分は、そもそも幼い頃から好き嫌いをすることを許されていなかったのに。

「あれってね、実はお姉ちゃんの影響だったんだよ」

屈託《くったく》なく告げられて、絹子は一瞬言葉を呑み込んだ。

「私ね、幼いながらに色々考えてたんだよ。どうして私は、お姉ちゃんみたいに可愛くも綺麗でもないんだろうって」

「綾ちゃんでも、そんなことを考えてたの？」

「そりゃ、考えるよ！」

綾子が心外そうな声をあげる。

「全然、お姉ちゃんのせいじゃないけどさ、やっぱり不公平は感じてたもの」

「不公平？」

「そうだよ。これが赤の他人ならあきらめもつくのに」

綾子は苦笑いして肩を竦《すく》めた。

「他人なら、端《はな》から持ち物が違うから、仕方がないって思えるよ。でも、同じ両親から生まれて、同じ遺伝子を持つ姉妹なのに、髪も、眼も、鼻も、口も、体型も、なんでこんなに違うのかって。ただでさえ私、子供の頃から、お父さんとお母さんの悪いところばかり引き継いで生まれてきた、とか言われてたし……」

その分、あなたは楽をしてきたはずじゃない。

絹子は微かに眉を顰《しか》めた。

できるのが当たり前だった姉のつらさを、できないのが当たり前だった妹が分かるはずがない。

「でね、一つだけ気づいたの」

綾子は口調を明るく変えた。

「同じ家で一緒に育っているのに、食べてるものが違うんだって。お姉ちゃんは毎晩、夕飯は残さず食べるけど、あんまりお菓子は食べなかったよね」

それは、物心ついた頃から夕食前の間食を固く禁じられてきたからだ。いつしかそれが、自分にとってのルールになった。本当は絹子だって、一番お腹が減る夕食前に、スナック菓子やチョコレートを思い切り食べてみたかった。

だが、一度決められたルールを破ることが、絹子にはなかなかできなかった。

「だからね、せめて食生活だけでも、お姉ちゃんと一緒にしてみようって思ったの」

綾子がぺろりと舌を出す。

「それで食わず嫌いしてたものを食べてみたら、結構食べられちゃった。さすがに顔の作りはお姉ちゃんみたいにはならなかったけど、ちょっとは痩《や》せられたし、ニキビも減ったしね」

「そうだったの」

できるだけ穏やかな表情で頷いたが、絹子はいつしか、胸の奥のざわつきを抑えることが難しくなってきた。

「そろそろタルトの用意をするわね」

頃合いを見て立ち上がる。

キッチンで一人になると、我知らず、重い息が漏《も》れた。気を取り直し、絹子はシンクの前に立った。冷ましておいたタルトを切り分けようと、ナイフを握る。

ざくりと切っ先をいれると、グリオットのコンポートから真っ赤な汁が飛んだ。

白いシンクに散った血液のような飛沫《しぶき》を、絹子はじっと見つめる。

肥満体だった妹が急に痩せ始めた理由が、自分へのコンプレックスから発していたとは知らなかった。普通なら健気とも取れる綾子の告白を、しかし、絹子は冷静に受けとめることができなかった。

なぜならあの頃、絹子は誰にも言えない不安と一人で闘っていたからだ。

中等部の二年生になってすぐ、絹子は初潮を迎えた。その頃にはほとんどのクラスメイトが同じ状況にあったので、慌てることはなかった。知識も充分備わっていたし、準備もできていた。女子校のため、男子の眼を気にする必要がないのも気楽だった。

だが、一つだけ、恐ろしいことが起きた。

生理が始まった途端、絹子は太り始めたのだ。どんなに運動をしても、生理の前になると必ず体重が増加する。

今思えば、それは黄体ホルモンの分泌が身体の代謝を下げ、栄養を溜め込もうとするためだった。しかし当時の絹子は、初潮の訪れと共に、自分の体質が変わってしまったのではないかと気が気でなくなった。

〝太る体質は、私のせいだね〟

綾子を抱きしめていた母の言葉が甦り、絹子は蒼《あお》ざめた。

しかも肥満体だったはずの妹が、その頃から急に痩せ始めた。実際、当時の絹子は標準体重より遥《はる》かに痩せていたし、綾子も標準体重に近づいただけだったが、痩せていたものが太るのと、太っていたものが痩せるのでは、心理的にまったく違う。

生理前になると、むやみに甘いものが食べたくなることも、絹子を苦しめた。

隠れてコンビニのケーキをむさぼるように口に押し込み、罪悪感に駆られ、トイレで喉《のど》の奥に指を突っ込んで吐くこともあった。夕飯だけは残さずに食べていたので、両親に気づかれることはなかったが、絹子は深夜にも度々《たびたび》密かにお菓子を口にしてはトイレで吐いた。

写真の中には少しも現れていなかったけれど、中学時代の絹子は決して健やかではなかった。

ようやく落ち着いたのは、高等部に入り、美容についての精度の高い知識を身につけてからだ。

だから、絹子は今でも中学時代の自分のことを、あまり思い出したくない。

嫌な記憶を払うように首を横に振り、絹子はシンクに飛び散った血痕《けっこん》のような赤い汁をふき取った。切り分けたタルトを皿に載せ、生クリームとミントの葉を飾る。上出来だ。

トレイを持って再びリビングに戻ると、綾子が眼を輝かせた。

「こんなの手作りできるなんて、お姉ちゃんって、本当にすごい！」

絹子は無言で微笑み、綾子のカップにポットのダージリンを注いでやる。

「うわー、甘酸っぱーい。美味しーい！」

一口食べるなり、綾子は身悶《みもだ》えするようにして感激した。

絹子も一匙《ひとさじ》口に含む。アーモンドクリームのコクと、グリオットコンポートの爽やかな酸味が舌の上で絶妙に混じり合う。アクセントに散らしたオートミールのそぼろも香ばしかった。

「こんな美味しいタルト、高級フレンチのお店でも食べたことないよ。やっぱり、お姉ちゃんって最高」

素直に自分を称賛する綾子を、絹子は可愛くも哀れにも思う。

ただ不器用なだけの不出来な妹だったら、自分だって、あんな真似はしなかったのに――。

高等部に入った絹子が落ち着きを取り戻したのには、もう一つの理由がある。

十六歳を過ぎ、過渡期だったホルモンバランスが整った頃から、絹子は一層美しくなった。長い髪に艶が出て、肌にも透明感が出た。一方、中学生になった綾子は、突然絵の才能を認められるようになった。

しかし十代の少女にとって、美貌と才能のどちらが有利に働くかは明白だった。

綾子が絵画のコンクールで賞を取るたび、絹子は妹が好意を寄せている男子の前に姿を現した。少しでも自分に優しくしてくれる男子がいると、初心《うぶ》な綾子はたちまちのぼせ上がる。綾子が隠そうとすればするほど、絹子には手に取るようにそれが分かった。

誘惑なんて馬鹿な真似はしない。

妹をよろしくね――。

そう微笑んで見せるだけで、大抵の男子は絹子のことしか見なくなる。陰で綾子が密かに泣いていたことも、絹子は全部知っていた。

綾子への優越感が、絹子を立ち直らせたのだ。

「これ、綺麗だね」

あっという間にタルトを平らげた綾子が、ハーバリウムの瓶を手に取る。硝子瓶の中、アネモネの真っ赤な花弁がゆらゆらと揺れた。

嫉妬のための無実の犠牲。

花言葉診断の言葉が甦り、絹子はハッと息を呑む。

ハーバリウムの瓶を持ったまま、綾子は少し寂し気な眼差しで、テーブルの上の絹子と和彦の写真を見ていた。

もとはと言えば和彦も、綾子の思い人だ。

かわいそうな綾ちゃん――。

でもそれは、あなたがいつも、私には想像がつかないものを見ようとするから。

「もし気に入ったなら、そのハーバリウム、タルトの残りと一緒にお土産《みやげ》にしようか」

「本当？」

綾子の顔が一瞬輝く。

「もちろんよ。今日は綾ちゃんのお祝いなんだし」

「そのことなんだけど……」

綾子が再び考え込むような表情になった。

「優勝したのは、すごく光栄だし、嬉しいんだけど」

大手出版社のコンペティションで優勝して以来、綾子のところには、ひっきりなしに装画の仕事の依頼が入るようになったという。

「有名な作家さんの新作も先に読めるし、ベストセラーの表紙に自分の絵が使われているなんて、夢みたいな話だよね」

自らに言い聞かせるように続ける綾子の口調は、なぜか暗い。話を聞いているうちに、絹子は再び胸の奥がざわつき始めるのを感じた。

こういうところが嫌なのだ。

単純に姉の絹子を称賛したり、優しげな男に簡単に参ってしまったりするところは可愛いのに、こと絵画が絡んでくると、綾子がなにを考えているのか分からない。

仕事の依頼がたくさんあるなら、結構なことではないか。ただでさえ、芸術で食べていくことは難しいのだから。

「だって、綾ちゃん、仕事が欲しかったから、コンペに参加したんでしょう」

「その通りなの」

「だったら、ありがたいことじゃない。おかげでアルバイトもやめられたんでしょう？」

「うん……」

煮え切らない妹の態度に、絹子は内心苛々《いらいら》する。

今日だって、綾子が喜び一杯でやってくるのだとばかり思い込んでいた。そうであれば、一番盛り上がったところで、話を優しくすり替えてやるつもりだった。

自分の下腹部にそっと手を添える。

絹子は、和彦の子供を妊娠している。

安定期までまだ間があるが、このことを打ち明ければ、今は綾子の栄光に浮かれている両親の関心も、一気に初孫の誕生に傾くだろう。

どれだけ物分かりのいい建前や綺麗ごとを並べたてようと、古来より出産は、女にとってなによりも大きい。コンペティションの優勝よりも、ずっとずっとおめでたい。

でなければ〝子なし女は負け犬〟などという発想が、あんなに流布《るふ》されたはずがない。

最後に勝つのは、この私。

勝手気儘に好きなことばかりしてきた妹ではなくて、きちんと規律を守って生きている、この私。

「それとも注文で絵を描くのが嫌なの？　でも、そんなことを言ってたら、一生仕事なんてできないじゃない」

我知らず、絹子の口調が強くなった。

「綾ちゃんだって、いつまでも子供じゃないんだから」

リビングに沈黙が流れる。

やがてハーバリウムをテーブルに戻し、綾子が溜め息を漏らすように笑った。

「さすがはお姉ちゃんだね……」

真っ直ぐな眼差しで、綾子が絹子を見る。

「お姉ちゃんの言うことって、いつも正しい。私はしょっちゅう自分のことが分からなくなっちゃうけど、お姉ちゃんの言葉を聞いてると、ことごとく腑《ふ》に落ちる。やっぱり、私はまだ子供なんだよ。多分、今回の優勝は、早すぎた」

「え？」

綾子の言葉の意味が分からず、絹子は混乱した。三十歳にもなって、一体なにを言い出すのか。

「でも、おかげで決心がついた」

いつの間にか、綾子が晴れ晴れとした表情になっている。

「お姉ちゃん、私、パリに美術留学しようと思ってるの」

その言葉に、絹子は頭を殴られたような衝撃を受けた。

分からない――。

やはり私には、この子の眼がなにを映しているのかがさっぱり分からない。せっかくつかんだチャンスをみすみす捨てて、なんの保障もない海外留学にいくなんて。

「だって、私もう三十だよ。きっとこれが最後のチャンスだよ」

チャンス？

絹子は綾子を茫然《ぼうぜん》と見返した。

「一応そのために、フランス語だけは習ってたんだ。向こうで悔いが残らないようにしっかり美術の勉強をして、それからきちんと仕事に向き合いたい。最近私、締め切りに追われすぎて、自分がなにを描きたいのかよく分からなくなってたんだよね。こんなふうに流されちゃ、駄目なんだ」

ああ、それで、グリオットの意味を知っていたのか。

綾子の毅然《きぜん》とした表情を見つめながら、絹子はぼんやりとどうでもいいことを考える。

「お姉ちゃん、ありがとう。でも、ハーバリウムはやっぱりいらない」

明るい笑みを浮かべ、綾子はハーバリウムと、和彦と絹子の写真を交互に眺めた。

「とっても綺麗だけど……。私、枯れない花って、あんまり好きじゃないから」

その瞬間、絹子は自分と妹の違いを思い知った。

私は、枯れるのが怖い。

たとえそれが、硝子瓶の中に閉じ込められた生命力のない花だとしても、美しい状態を保っていたい。

マニュアルを重んじるのも、規律を守るのも、妙な挑戦をして失敗をしたくないからだ。

けれど綾子は違うのだ。

小学校時代、重いランドセルを置き去りにして、自由に学校を出ていってしまった幼い妹の姿が目蓋の裏に甦った。

多分この子は、もう帰ってこない。

絹子の背筋がすっと冷たくなる。

妹がいってしまう。

両親のことや、常識や、日常的な瑣末《さまつ》なことの数々を、すべて姉の私に押しつけて。

自分だけの世界へいってしまう――。

本当は、怖かった。

器用に見えて、手引書がなければなにもできなかった絹子は、不器用に見えて、なにもないところから必ず自分だけの道を見つけ出す綾子のことが、ずっとずっと怖かったのだ。

だからこそ優位性を見せつけて、妹を手元に縛りつけておきたかった。

でも、結局は無駄だった。

初恋の男子や和彦は奪えても、妹の才能と自由な心を奪うことは永遠にかなわない。

なぜなら綾子は、枯れることの勇気を知っている。決して失敗を恐れない。

枯れていく覚悟を持った花だけが、真に咲き誇ることができるのだ。

対して自分は、硝子瓶の中の花だ。美しいだけで、匂いもなければ活力もない。

妹への優越感を示すために模範的な解答ばかり求めてきた自分と、ときに悔し涙を流しながらも己だけの可能性を追求してきた妹。

嫉妬のために犠牲になったのは、一体どちら――？

絹子の脳裏で、ハーバリウムの硝子瓶が粉々に割れた。

シリコンオイルに浸《つ》かっていたアネモネの鮮やかな花弁が、ばらばらと散り落ちる。

グリオットタルトの土産を手にした綾子が帰ってしまうと、絹子はふいに突き上げてくる吐き気に襲われた。

洗面所に駆け込み、胸を押さえて嘔吐《おうと》する。食べたばかりのグリオットが、深紅の嘔吐物になって流れ落ちた。初めての悪阻《つわり》だった。

口元をぬぐうと、洗濯籠に放り込んだマーガレットの野性的な臭いが鼻を衝く。

再び気分が悪くなり、絹子は洗面台に手をついた。

視線を上げれば、鏡の中に血の気のない女の顔が映っている。中学時代、太り始めた自分と痩せ始めた妹が怖くて、深夜に嘔吐を繰り返した記憶が甦る。

けれど、虚《むな》しい勝負を挑んでいたのは自分だけ。綾子の眼中には、姉の姿など端から映っていなかった。

惨《みじ》めさに崩れかけ、ふと、絹子は自分の下腹に手をやった。

私にはこの子がいる。

そう思うと、妹への執着が微かに薄れる。

だが同時に、恐ろしい予感が胸に満ちてきた。

生まれてくる子が男でも女でも、誰かとの比較の中でしか価値観を見出せない自分は、きっと〝毒母〟になるに違いない。

嫉妬のための無実の犠牲。

まさか、それは――。

絹子はゆっくりと自分の腹を撫で回した。

もう一度鏡を見れば、蒼ざめた聖母の顔がそこにある。

第二話

ヒエンソウの兄弟

ファミレス特有のチャイム音が鳴り響き、新しい客が入ってきた。

夏季限定〝爽やか紫蘇《しそ》入りハンバーグ定食〟を食べ終えた桐生啓二《きりゅうけいじ》は、ホールスタッフに案内されている新客の姿を見るともなしに眺める。

この時間になっても気温はまったく下がっていないようで、自分と同様に残業帰りらしいサラリーマン風の男は、おしぼりでしきりに汗をぬぐっていた。

今年の夏は異常だ。ちっとも雨の降らない梅雨が例年より二週間も早く明けた途端、毎日、最高気温が三十五度を超える酷暑《こくしょ》が続いている。夏生まれの啓二は暑さに強いほうだが、連日の熱帯夜にはさすがに身体が悲鳴をあげそうだった。

豪雨による災害や水不足も心配だし、そろそろ本気で温暖化の防止に取り組むべきだよな――。

氷が解け切って生ぬるくなった水を啜りながら考えていると、サラリーマン風の男が生ビールを注文した。キンキンに冷えたジョッキ入りの生ビールが脳裏をよぎり、思わず喉を鳴らす。

だが、啓二にはまだやらなければならない仕事があった。

ハンバーグの鉄板を下げてもらったテーブルに、A4サイズのファイルを並べる。中には、新人賞の応募原稿のプリントアウトの束がぎっしりと詰め込まれていた。

中堅出版社に新卒入社して六年目。入社当初は営業に配属されたが、昨年ようやく念願の文芸部に異動することができた。とは言え、新人編集者である啓二に、売れっ子作家の作品を担当する隙はない。学生時代から愛読してきた憧れの作家たちには、既にベテランの担当編集者がついている。彼らに突然の異動でもない限り、啓二にお鉢《はち》が回ってくることはない。

新人作家に狙いをつけても、見込みのありそうな新人には他社からも一斉に声がかかるので、すぐに原稿をもらうのは至難の業《わざ》だ。

そうとなれば、まだ世に出ていない原稿の中から優秀な小説を見出し、担当の座をつかむのが、文芸編集者として経験を積んでいく第一歩だ。

番号のふられた応募原稿の束を、啓二はじっと見つめた。

最終選考は有名作家たちに委《ゆだ》ねられるが、それまでの一次選考と二次選考の下読みは編集部で行うのが、啓二が勤める出版社の習わしだ。

たとえ最終選考に残らなくても、編集者が惚《ほ》れ込んだ原稿が後に出版され、ベストセラーになった例もなくはない。

三十路《みそじ》を迎える前になんとしてでも自分の担当作品を世に出したいと、啓二は目論《もくろ》んでいた。

通常、脱稿した原稿が単行本になるまでには、三ケ月から半年の時間がかかる。新人賞の応募原稿なら、改稿時間も含めて一年以上かかることもある。

啓二は来月で二十八歳になる。あまり悠長《ゆうちょう》に構えてはいられない。段ボール一箱分あてがわれた応募原稿の中に、未来のベストセラー作家の原石が潜んでいることを、啓二は密かに祈った。

もっとも、原石を探すのはなかなか大変だ。

プロの作家の原稿と違い、応募原稿は率直《そっちょく》なだけに読みにくい。書きたいことから書いてしまう傾向があるため、時系列や視点がバラバラだったり、伏線が回収されていなかったりするものが相当ある。正直、読み通すのがつらい原稿も少なくない。

それでも、とにかくすべての原稿に最後まで眼を通し、可能性を探らなくてはならない。日中は文芸誌の進行や先輩編集者のアシスト作業などがあり、まとまった時間が取れないので、ここ最近、会社を出た後にファミレスで遅い食事をとりながら下読み作業をする日々が続いている。完全にサービス残業だ。

こちらも諸々《もろもろ》犠牲にしているのだから、今夜こそ眼の覚めるような原稿に出会いたいものだと、啓二は席を立った。サラリーマン風の男が喉を鳴らしてビールを飲んでいるのを後目《しりめ》に、ドリンクバーのマシーンで濃いめのエスプレッソを淹れる。

隣のジュースコーナーでは、幼い二人の子供がメロンソーダを奪い合ってはしゃいでいた。

周辺に遅くまであいている飲食店がないせいか、二十四時間営業のファミレスはいつきても混んでいる。

二十二時を過ぎているのに、幼い子供が結構いることも驚きだ。残業帰りの若い母親たちが、子供を連れてきているらしい。

自分が子供時代にこんな時間まで起きていたら大目玉を食らっていたところだが、それだけ世の中が変わってきたということなのだろう。三十歳前後の自分たちは、専業主婦の母を持つ最後の世代なのではないかと啓二は思う。

結婚と同時に当たり前のこととして寿退社をさせられたという母は、啓二が小学校に上がる頃には毎日パートに精を出してはいたが。

寿退社をしても、現役で仕事を続けても、どちらにせよ子供の面倒を見るのは圧倒的に母親のようだ。子連れの家族の中に、父親の姿がない現状を、啓二は少々きまり悪く眺めた。

大学時代からつき合っていた恋人とは、昨年の春に別れてしまったけれど、将来、結婚を考える相手と巡り合ったときには、自分も働き方を改めるべきかもしれない。

そのためにも、三十歳までには編集者という念願の仕事で、なんらかの実績を持っておきたかった。

出版不況――、中でも小説の部数の減少は重々心得ている。それでも、面白い物語はどんな時代でも必要とされているし、必ずや、やりようはあるはずなのだ。

自らを奮い立たせながら、啓二はエスプレッソを片手に席に戻ってきた。

いざ、原稿と向き合おうと一つ目の束を引き寄せたとき、テーブルの上のスマートフォンが微かな電子音をたてた。手に取ると、妹の美郷《みさと》からのメッセージが着信している。

【お兄ちゃんと連絡取れた？】

吹き出しの中のメッセージに、啓二は「あ」と声を漏らした。

そう言えば……。

忙しさの余りすっかり失念していたが、来月の両親の結婚記念日に、兄弟妹《きょうだい》三人全員でお祝いをしようと、美郷から持ちかけられていたのだった。

桐生家で「お兄ちゃん」と呼ばれる人物は一人しかいない。

啓二とは四歳違いの長男、祐一《ゆういち》だ。

その名の通り、啓二は桐生家の二番目の男児だった。

長男だから一、次男だから二と名づけた両親のセンスを、正直、啓二は疑わずにいられない。

なぜ、生まれたときから二番目と銘打《めいう》たれなければならなかったのか。

普段あまり気にしないように心がけている不満が、むくりと頭をもたげる。いずれは誰もが生まれた家から独立し、個の人間として生きていくというのに。

美郷が男だったら、恐らく「三郷」と名づけられていたのではないかと啓二は踏んでいる。

ロット番号じゃないんだからさ――。

スマートフォンを持ったまま、小さく鼻を鳴らした。

人は無条件に、〝二〟よりも〝一〟を上に見る。一つ違いの妹、美郷の態度がいい例だ。

次男であろうと年子であろうと、同じく〝兄〟である事実は変わらないだろうに、美郷は決して自分を「お兄ちゃん」と呼ばない。よくて「啓ちゃん」、悪ければ呼び捨て、酷いときには「あんた」だ。

たとえ妹であっても、女性のメッセージを既読スルーするとろくなことにならないことを、別れた恋人との経験からも熟知している啓二は、仕方なくメッセージを返す。

【ごめん。まだ取れてない】

すぐさま、液晶画面に新しい吹き出しが現れた。

【えー、なにそれ！】

語尾に、凶悪な表情の猫のスタンプが連打されている。美郷の怒りの表明だ。

【お店とかはこっちで手配するんだから、連絡くらい、ちゃんと取ってよね】

その〝連絡〟が、こと祐一に関しては非常に取りづらい状況にあることくらい、美郷だって承知しているはずではないか。

少々恨めしい気持ちで、啓二はスタンプを眺める。

【お兄ちゃんがくるかこないかで、お母さんのテンションが全然違うんだからね】

啓二の反論を封じるように、再びメッセージが届いた。

それを言われると、ぐうの音も出ない。母は昔から、長男の祐一を半ば信奉しているようなところがあった。兄を前にすると、表情どころか声色《こわいろ》まで変わってしまう。

【とにかく、他のことは私がなんとかするから、啓ちゃんはお兄ちゃんを捕まえてよ。それくらい男同士なんだからできるでしょ。お兄ちゃんへの連絡担当は、啓ちゃんだからね】

語尾に、ビシッと指をつきたてた猫のキャラクターのスタンプつき。

有無を言わせぬつもりらしい。

【分かった。努力する】

啓二は溜め息がてらに返信した。

【ところで、俺の誕生日も、来月なんだけど】

記念日ついでに、啓二は一応伝えてみる。

連続で届いていたメッセージがふいに途絶えた。

無視かよ――――！

啓二は憤慨しながらメッセージアプリを閉じた。

大体、男同士とか、そういう問題ではないと思うのだが。

スマートフォンをテーブルの上に伏せ、啓二はエスプレッソのカップを手に取る。

同性の兄弟であっても、啓二はこれまで祐一をそれほど近《ちか》しく感じたことはない。年子の妹の美郷とのほうが、よっぽど距離が近いくらいだ。

本当は美郷も祐一が苦手なのではないかと、啓二は密かに勘ぐった。

体《てい》よく、兄貴を押しつけやがって――。

エスプレッソを一口啜り、小さく舌を打つ。

一つ違いの美郷とは、物心ついたときからよく一緒に遊んだが、四つ違いの祐一とは同室で暮らした経験はあっても、あまり遊んだ覚えがない。

三兄弟妹《きょうだい》の中で、唯一昭和生まれの祐一。

ぎりぎりゆとり世代ではなく、小・中学校での完全週休二日制を知らない兄。

次男の啓二と、末っ子の美郷は、どちらかと言えば放任されて育ったが、子供の頃から優秀だった長男の祐一は、両親の期待を一身に背負わされていた。特に、有名私立の付属高校を目指した受験時は大変で、祐一は早朝から勉強に励んでいた。

努力の甲斐《かい》があり、祐一は付属高校に無事合格し、順調に有名私立大の政治経済学部に進学した。

〃お兄ちゃんの受験で疲れちゃった〃

母のこの一言で、啓二と美郷は進学塾にも通わず、地元の定員割れの公立高校に入学した。

無論、兄ばかりが苦労したわけではない。それほど裕福ではなかった桐生家では、啓二が大学進学で家を出るまで、兄と弟は同じ部屋で過ごさなければならなかった。

あまり気の合わない兄と二人きりになるのが気まずくて、啓二は日中いつも友人宅へ出かけるようにしていた。一方、見るからに友人が多くなさそうな兄は、常に机にかじりついて勉強していた。

あの頃の祐一がしていたのが本当に努力だったのか、それとも、他にすることがなくて勉強に逃げていただけだったのか、今考えれば疑わしい。

母は成績優秀な兄を特別視し、「お兄ちゃん、お兄ちゃん」と当時から世話を焼きまくっていたが、啓二から見ると、祐一は同世代の男子学生と比べていささかずれたところがあった。

第一に、あんなに母親に纏《まと》わりつかれて平気でいるのが、理解できない。おかげで啓二はそれほど束縛を受けることがなかったが、母の干渉を淡々と受け入れている兄の姿は少々気味が悪かった。

当時、仲間内の男子学生の間で一番恐れられていた言葉は、〝マザコン〟だったからだ。元々兄貴は、評判とかにも無頓着だったのだろうか。

苦いだけのエスプレッソを飲み込み、啓二は眉を寄せる。

考えてみたら、兄貴はある意味変人だったもんな――。

特別喧嘩をした覚えはないが、心を開いて深い話をした覚えもない。

机にかじりついて勉強ばかりしていた祐一のことが、啓二にはよく分からなかった。そして祐一もまた、同じ部屋で寝起きを共にしているにもかかわらず、弟の啓二のことをまったく気にかけていなかった。

ふいに、尾崎豊の熱唱が脳裏に甦り、啓二は苦笑した。

受験勉強が佳境《かきよう》の中三の夏、祐一は毎朝五時に、尾崎豊の「十五の夜」や「卒業」が大音量で鳴り響くようにラジカセのタイマーをセットしていた。

当時、啓二は小学五年生。せっかく寝坊を楽しみたい夏休みの早朝に、咆哮《ほうこう》するような絶唱で叩き起こされてほとほとうんざりした。

おまけにその大音量の中、当の祐一はすやすやと眠っているのだ。いい加減にしろと、啓二が叫んでラジカセのスイッチを切ったところでようやく眼を覚ますのが、毎朝の決まり事のようになっていた。

なんで、尾崎豊だったんだろうな。

バイクを盗むことにも、学校の窓硝子を叩き割ることにも、遥かに縁のなさそうな兄だったのに。

おかげで、啓二は未だに尾崎豊が苦手だ。たまにラジオから歌声が流れているのを耳にすると、迷惑極まりなかった夏休みを思い出してしまう。あのときは、切実に自分だけの部屋が欲しかった。

いい思い出などほとんどない兄との同室生活だが、しかし、よいことがまったくなかったわけではない。交友関係が広かった啓二は、小遣いやお年玉をつき合いであっという間に使い果たしたが、祐一はミステリー小説のシリーズや人気作家のアンソロジーを地道に買い集めていた。

暇なときに兄の本棚から本を取り出して読めるのは、同室生活の数少ない利点だった。しかも選書がなかなかよく、啓二が小説好きになったのは、兄の本棚の影響と言っても過言ではない。それでも、どうしたってストレスは溜まる。

難しい試験問題には果敢《かかん》に取り組むのに、ちっとも空気を読もうとしない祐一に焦《じ》れて、啓二はたびたび苛々を募らせた。

あるとき、あまりに頭にきて、祐一の体操着のズボンに鋏《はさみ》で穴をあけたことがあった。かなり大きな穴をあけてやったが、あの後、兄はどうしただろう。

尻に大きな穴のあいたズボンを、体育の授業で着たのだろうか。

事《こと》の顚末《てんまつ》を、啓二はよく覚えていない。

どの道、それくらいは可愛い腹いせだ。ようやく大学受験を終えたとき、自分が兄から浴びせられた、トラウマ的な一言に比べれば――。

いつしか唇を噛んでいることに気づき、啓二はハッとした。

今更、そんなことどうでもいい。

背筋を正して気持ちを切り替える。

あの兄の一言があったおかげで、かえって自分はここまでこられたのかもしれないし。

エスプレッソを飲み干し、啓二は原稿の束を手に取った。

さて、原石を見つけよう。

一束、四百字詰め原稿用紙換算で約三百枚。集中して読めば、二時間弱か。

時計に眼をやり、啓二は我知らず息を吐いた。今日も帰宅は午前様になりそうだ。

読むだけで仕事してる気になれるなら、気楽なもんだよな――。

どこかから、兄の皮肉な声が聞こえたような気がした。


文芸誌の校了間際の編集部は、二十二時を過ぎてもほとんどの編集部員がパソコンに向かっている。著者の赤字修正と念校を照らし合わせ終えた啓二は、一息ついてデスクから立ち上がった。

暗い渡り廊下を歩き、売店コーナーに向かう。

ふと、今日は週末だったかと思い至る。土日も原稿を読んでいるせいか、曜日の感覚があやふやだ。このところ、月日が経つのが無暗《むやみ》に早く感じられる。

このままあっという間に三十になって、気づいたときには、すっかりオヤジになってたりして——。

冗談ごとではないと、啓二は慌てて首を横に振る。

社員の間で〝ガス室〟と呼ばれている硝子張りの喫煙所の先に、スナック菓子やカップラーメンなども買える自動販売機が並んでいた。

無料のコーヒーを紙コップに注ぎ、チョコレート菓子を買う。今夜はファミレスにいく余裕もないかもしれない。

先輩社員が虚《うつ》ろな表情で煙草をふかしている姿を硝子越しに眺めながら、啓二はほとんど香りのないコーヒーを一口飲んだ。

まあ、ファミレスのメニューもそろそろ飽きてきたけどね……。

ここ一、二週間、精力的に下読みを続けてきたにもかかわらず、二重丸をつけたくなるような原稿には未だに巡り合っていない。一体いつ面白くなるのだろうと辛抱しながら読んでいても、そのままなんの進展も見せずに呆気《あつけ》なく終わってしまうものがほとんどだ。

破綻《はたん》していてもいいから、もっと個性的で面白い原稿が読みたい。

もしかしたら段ボールの当たりが悪かったのだろうか。

己のくじ運のなさを微かに恨みながら、啓二はチョコレート菓子を口の中に放り込んだ。頬の裏側で菓子を転がし、胸ポケットからスマートフォンを取り出す。

メールの受信ボックスを開いてみると、やはり返信はない。

空《から》のボックスを睨《にら》み、啓二は鼻から息を吐いた。

これだけメッセージアプリが普及している現在、連絡手段がメールのみということ自体、どうかしている。

先週、妹の美郷から一方的に兄への連絡を押しつけられて以来、啓二は何度か祐一のアドレスにメールを送っているが、今のところ、なしのつぶてだ。

しかも、これって、フリーアドレスだよな。

随分昔に聞いた祐一のアドレスを、啓二は改めて確認した。ひょっとすると、祐一はスマートフォンを持っていないのかもしれない。まさかとは思うが、どこかのネットカフェにでも入らないと、メールを確認できない状態なのだろうか。

啓二は暗い窓の外をじっと見つめた。

実のところ、現在の祐一は半ば行方不明のようなものなのだ。

三人の兄弟妹《きょうだい》の中で一番成績優秀だった祐一が、後にこんな状況になるとは、恐らく、桐生家の誰もが予想だにしていなかったに違いない。

少々調子外れではあったものの、優秀な兄の未来は、順風満帆なはずだった。有名私立大学の付属高校に合格した祐一は、その後も難関と言われる政治経済学部に進学し、早々に外資系証券会社に就職を決めた。あの出来事さえなければ、兄は今だってエリート街道を突き進んでいただろう。

しかし、それは突然やってきた。

リーマンショック――。平成最大の経済危機。

ようやく盛り返していた経済が一気に失墜《しっつい》し、数年続いていた売り手市場が瞬く間に息を潜めた。呑気に長い夏休みを過ごしていた直後に、祐一は突如内定取り消しの知らせを受けたのだ。

それがどれほど大変なことだったのか、今の啓二なら理解できる。

特に、敷かれたレールの上ばかりを走ってきた祐一にとっては、青天《せいてん》の霹靂《へきれき》のような出来事だったに違いない。

だが当時は、啓二自身が大学受験を控えていて、兄を慮《おもんぱか》るどころではなかった。のんびりとした地元の公立で高校生活を謳歌《おうか》した反面、受験勉強は本当に大変だった。

だから――。

あのとき、兄がどんな心境で自分にその言葉をぶつけてきたのか、深く思いを馳《は》せることができなかった。

〝本を読むだけで勉強してる気になれるなら、気楽なもんだよな〟

苦労を重ねてようやく第一志望の大学の文学部に合格した啓二に、祐一は言い放ったのだ。

〝でも文学部は就職できないから、これでお前の人生終わったな〟

普段無口な兄が投げつけてきただけに、その一言は、今でも胸の奥底に突き刺さっている。

やり直しの就職活動に駆け回る祐一を、相変わらず母が甲斐甲斐《かいがい》しく世話を焼いているのを後日に、啓二は家を離れることにした。

アルバイトのかけ持ちはきつかったが、念願の一人暮らしが待っていた。マイペースすぎる祐一に振り回される日々から解放され、伸び伸びとした自由を存分に味わった。ぶつけられた言葉に呪縛《じゅばく》されないためにもと、勉強や人脈作りにも精を出した。

兄の言葉への反発が、自分の大学生活に活を入れていた側面もあったのかも分からない。

しかし、久々に実家に電話をしたとき、結局就活に失敗した祐一が、突然放浪の旅に出たと父から聞かされたときは耳を疑った。

北海道の先端から、沖縄の離島まで。

以来、祐一は未だに「自分探し」を続けている。その場しのぎのアルバイトをしながらシェアハウスを転々と移り住み、バックパッカーのような毎日を送っているらしい。

〝祐一は昔から、分かりやすいマニュアルに沿って一直線みたいなところがあったけれど、いきなり内定を取り消された段階で、どっかのネジが飛んじゃったのかもしれないなぁ……〟

桐生家では、母に比べて圧倒的に影の薄い父が淡々と語るのを、啓二は唖然《あぜん》として聞いていた。そんな状況にもかかわらず、母が以前と同様に「お兄ちゃん、お兄ちゃん」と連呼しているのにも驚かされた。母にとっての祐一が、いかに特別かを思い知らされた気分だった。

三十過ぎた今も、自分探しとはね……。

チョコレート菓子を噛みながら、啓二は苦い笑みを浮かべる。

有名大学の政治経済学部を卒業した兄が行方不明で、〝人生終わり〟の文学部を卒業した自分が、一企業でこうして深夜残業をしているとは皮肉なものだ。

気楽なのは、一体どっちだよ。

飲み終えたコーヒーの紙コップをゴミ箱に放り、啓二は踵《きびす》を返す。

オフィスに戻る途中、〝ガス室〟から出てきた先輩編集者と出くわした。

「お疲れ様です」

頭を下げた啓二に、先輩は「おお、桐生」と顎をしゃくる。

「どうよ、新人賞、めぼしい原稿あったか」

「なかなか難しいですね」

「今のところ、俺の箱もさっぱりだなぁ」

疲れきった顔の先輩と連れ立って、編集部へと戻ってきた。

「お前、悪いけど、公式ツイッターで新刊の感想、リツイートしといてよ」

席に着きつつ、先輩編集者が声をかけてくる。

「自分の新刊の感想ツイートがうちの公式に出てないと、先生ご機嫌が悪くってさ」

売れっ子作家の担当も、それはそれで気を遣うらしい。

「分かりました」

啓二は頷いて、スリープ状態だったパソコンを立ち上げた。

公式ツイッターのブラウザを開き、新刊の検索を始める。人気シリーズの最新刊だけに、大勢のツイッターユーザーがコメントを呟いていた。好意的なツイートをリツイートして拡散していくのも、地味だけれど大切な仕事の一つだ。

タイムラインを眺めているうちに、啓二は繰り返し流れてくるハッシュタグに眼をとめた。

＃　花言葉診断
その人に一番必要な言葉が出てくると、最近話題の診断だ。

解説もなかなか本格的だと、新書を担当する編集者が話していたことを思い出す。ツイッターで話題を呼んだテキストが、新書で発売されることも少なくないご時世だ。こうしたコンテンツは、決してバカにできるものではない。

必要な言葉、か――。

ふと好奇心に駆られ、啓二はＵＲＬをクリックした。リンク先の空欄に、フルネームを打ち込んでみる。

すぐさま、診断結果が現れた。

ヒエンソウ――花言葉「私の心を読んでください」

ヒエンソウ？

聞き慣れない花の名に、啓二はもう一つブラウザを開いて画像検索してみる。眼の前に、青や紫やピンクの花弁を軽やかに咲かせた可憐《かれん》な花が、ずらりと並んだ。

漢字では「飛燕草」と書くらしい。啓二が花弁だと思った部分は実は萼《がく》で、翼を広げたような蕚の部分が燕《ツバメ》の飛ぶ姿を想起させるために、この名がついたという。

画像検索のブラウザを閉じ、啓二は診断の解説に眼をやった。

燕が舞い飛ぶ姿にたとえられるヒエンソウは、本来キンポウゲ科のコンソリダ属だが、かつてはデルフィニウム属に分類されていたことがある。デルフィニウムはギリシャ語のイルカ。燕にもイルカにもたとえられた花が、本質を知ってほしいと密かに願い、こうした花言葉がついたのかもしれない。

ふーん、成程《なるほど》ね……。

啓二は足元の段ボールに眼をやった。

まだ手つかずの応募原稿が、たっぷりと詰まっている。まさに、「私の心を読んでください」といった状態だ。

「桐生、そろそろ俺は帰るぞ」

向かいのデスクの先輩が立ち上がった拍子《ひょうし》に、啓二はハッと我に返る。

「お疲れ様です」

「お前も切りのいいところで、いい加減帰れよ」

帰り支度を終えた先輩は、足を引きずってオフィスを出ていった。気がつくと、もうほとんどの編集部員が残っていない。壁にかけられた時計に眼をやれば、既に二十三時を過ぎていた。

週末の終電は地獄だし、自分も帰るか。

段ボールの中から、土日に読む用の原稿を引き抜く。その一番上の原稿のタイトルに、ふと視線がとまった。

「南国飄飄《なんごくひょうひょう》」

ちょっと変わったタイトルだ。プロローグだけ読んでみようかとページをめくる。

その瞬間、頭の中に、石垣島の青い海の情景が広がった。

なんだ、これ。

プリントアウトされた文字の向こうから、南の島の強烈な陽光が降り注ぎ、海の潮の匂いをはらんだ風が吹いてくる。

啓二は胸の鼓動がどきどきと速まってくるのを感じた。

これまで読んできた応募原稿とまったく違う。主人公視点の風景が色彩豊かに溢《あふ》れ出し、ページをめくる手がとまらない。

プロの作家が書いた本を読んでいるときと同じ興奮が、胸の奥から湧いてくる。

いつしか啓二は、物語の世界に引きずり込まれていた。

主人公は、なにやらわけのありそうな無気力な青年だ。過去の挫折《ざせつ》を匂わせる青年が、南の果てを目指して、バックパックで旅をしている。

言ってみれば、手垢のついた「自分探し」的な展開だ。

しかしそこに、かつて少年兵として太平洋戦争に駆り出された老人が登場したことで、ぐっと世界観が広がった。

あっという間に第一章を読み終えたが、色彩豊かで滑《なめ》らかな文体は衰《おとろ》えるどころか、益々《ますます》勢いを増している。先が気になって、ページをめくらずにいられない。

それに――。

なんだろう。この既視感。

バックパッカーと、自分探しというキーワードのせいか、主人公が兄の祐一と重なって見えてくる。頭でっかちな意固地《いこじ》さも、空気を読めない不器用さも、なにもかもがそっくりに思えてきて仕方がない。

子供の頃から理解できないと思い続けてきた兄の心の裏側を読んでいるようで、啓二はごくりと固唾《かたず》を呑んだ。

まさか、この原稿を書いたのは、兄本人ではあるまいか。

先入観を持たずに原稿を読むため、応募者のプロフィールと原稿は別々に保管されている。

今すぐ、この番号の応募者の個人情報を照会したくなり、啓二は落ち着かなくなってきた。

もっとも、個人情報を保管しているデスクの社員はとっくに帰ってしまっている。

いくらなんでも興奮しすぎだと、啓二は己をたしなめた。

大体、文学部をあれだけバカにしていた兄が、小説など書くわけがない。

「うわ!」

しかし、主人公の内面が描かれる第二章を読み進めていくうちに、啓二は思わず声をあげた。

高校時代の回想シーン。

主人公はそうとは知らず、穴のあいた体操着を着用し、クラスの主流派の男子たちから散々に嘲笑される。

祐一の体操着のズボンに鋏で穴をあけたことを思い出し、啓二は全身を震わせた。

思えば、子供の頃、小遣いのほとんどを本を買うのにつぎ込んでいた兄だ。文学部をバカにしていながら、そのくせ祐一は、本心では文学に憧れていたのかもしれない。

震えた手がマウスに当たり、ブラックアウトしていたパソコンが立ち上がる。


「私の心を読んでください」


ディスプレイに浮かんだ花言葉に、啓二は大きく息を呑んだ。

自分の心を知ってほしい。

その願いが、聞き慣れた声で再生された。

やはり兄だ。

この原稿の作者は、四歳年上の兄、祐一だ。

三兄弟《きょうだい》妹の中で唯一の昭和生まれ。

ぎりぎりゆとり世代ではなく、勉強ばかりに精を出し、母に散々世話を焼かれ、受験戦争を勝ち抜き、外資系証券会社に就職を決めたものの、予期せぬリーマンショックであっさりと内定を取り消された……。

しかし原稿を読み進めるうちに、啓二は徐々にそのことさえ意識できなくなっていった。

どこまでも澄んだ、遠浅《とおあさ》の蒼い海。

垣根に咲き乱れる濃いピンクのブーゲンビリア、深紅のハイビスカス。

涙の雫のような小さな白い花をぽたぽたと散らす、福木《ふくぎ》並木。直進しかできない悪霊の侵入を防ぐために、道路の突き当りに必ず据《す》えられている石敢當《いしがんとう》――。

ただの文字列の向こうから、初夏《うりずん》を迎えた八重山《やえやま》諸島の情景が鮮やかに立ち上がってくる。

いつしか啓二は、主人公の青年と一緒になって旅をしていた。

石垣島の浮き桟橋から高速船に乗り、日本最南端の波照間《はてるま》島を目指す。

海岸近くでは鏡のように静かな八重山の海だが、石垣島と西表島の間にある石西礁湖《せきせいしょうこ》を越えると海域は急に深くなり、外洋の波が次々と押し寄せ、船は大きく揺れる。

地元の人たちが〝波の波照間行き〟と呼ぶ航路を知らず、一番大きく揺れる前方に席を取ってしまった青年が、船がシーソーのように揺れた瞬間、放り出されて尻もちをつくところでは、声をたてて笑ってしまった。

たどり着いたのは人口五百人弱の小さな離島、波照間島。

辺り一面に広がるサトウキビ畑のざわめきと、羽虫たちの微かな羽音。漂うように舞う大きな羽の蝶々《ちょうちょう》。金粉をまぶしたような午後の強い日差し。

道中の白日夢《はくじつむ》の如くの美しさとは対照的に、最南端の碑《ひ》が立つ〝最果て〟の断崖の荒々しさ。

眼の前に壮大なパノラマが広がっていくようだった。

第三章に入ると、物語は新たな展開を見せる。

旅の途中で出会った元少年兵の老人の過去が明らかになり、紀行的だった文体に凄味が増した。太平洋戦争末期、なんの戦闘能力も持たない漁船に乗せられ、連合軍の潜水艦が跋扈《ばっこ》する海域に放り出された少年兵の悲惨な記憶。

自分の挫折に浸《ひた》り切り、無気力だった青年の心が、老人の過去を知るにつれて大きく揺れ動いていく。

気づくと啓二は、歯を食いしばっていた。十七歳の少年兵が味わった苦渋《くじゆう》があまりにリアルで、原稿に涙が落ちそうになる。

原稿を読んでいて涙が溢れたのなんて、もしかしたら初めてかもしれない。

それが、新人賞の応募原稿である驚き。

しかも、その原稿が兄の祐一の手によるものだなんて――。

途中、どうやら啓二自身をモデルにしているらしい、要領だけはよい軽薄な従弟《いとこ》が登場してきたが、己をモデルにされた苛立ち以上に、人物描写の鮮やかさに舌を巻いた。

なにを考えているのかさっぱり分からなかった兄の眼に、自分はこんなふうに映っていたのかという驚きもあった。

身内への贔屓《ひいき》や偏見を抜きにして、啓二は編集者として感嘆を覚えていた。

この作品は、間違いなく本になる。

素人の書き手にありがちな、着地点への危ぶみがない。物語に、読み手を最後まで引っ張っていくだけの信用がある。

ふと気づくと、深夜の二時を過ぎていた。いつの間にか、自分のいるエリア以外の照明がすべて消えている。

オフィスに自分しか残っていないことに気づいても、啓二は動じなかった。むしろそのほうが、誰の眼も気にせずに物語に浸れるというものだ。

読み進めていくうちに、主人公が抱えている劣等感が明らかになってきた。

啓二の頭の中で、いじけた主人公の青年の姿が祐一とぴったり重なり、冷静に読むことができなくなる。

同世代に受け入れられず、本だけが友達だった少年時代。本当は自分でも小説を書きたかったのに、親の期待に応えるために必死になって取り組んだ受験勉強。

その甲斐あって有名大学に進学はしたが、そこでも主人公は友人も恋人も作れない。それでも努力は報われるはずと、大学生活を謳歌している他の学生を後目に、主人公は勉学に励む。そこまでして頑張ったのに、就職活動はことごとく失敗。度重なる面接で、人格を否定されるような言葉まで浴びせられる。

自分とは対照的に、のびのびと育った従弟にずっと抱いていた嫉妬の吐露《とろ》まで行きついたとき、啓二は小さく息を呑んだ。

やはり、そうだったのか――。

兄はずっと、弟の自分に嫉妬してきたのか。

母の過剰な期待から逃れて、やりたいことをやってきた自分を、内心羨望《せんぼう》の眼差しで見つめていたのか。

〝本を読むだけで勉強してる気になれるなら、気楽なもんだよな〟

文学部に入った啓二に、兄がぶつけてきた言葉。

けれどそれは、自身が密かに憧れ続けてきた文学への裏腹な愛情だ。

〝でも文学部は就職できないから、これでお前の人生終わったな〟

〝トラウマにもなっていた罵声《ばせい》の裏に込められていた真意を知り、再び鼻の奥がじんと痛くなる。

最終章で、元少年兵だった老人は青年に語る。長年八重山に生きてきて、青い空、蒼い海を感じられるようになったのは、つい最近のことだと。ようやく、B29が飛来する鉛色《なまりいろ》の空と、戦友たちの血に染まる真っ赤な海が遠くなってきたと。けれどそれは、裏返せば、自分が死に近づいている証拠なのだと。

老人との出会いを経て、青年は初めて自分の狭量《きょうりょう》を悟らされる。今自分の眼に映っているのは、多くの戦死した若者たちが見ることのできなかった未来なのだと。

最南端の碑が立つ海岸に佇む二人。その前に広がる、青い空、蒼い海――。

最後のページを読了したとき、啓二の胸にしみじみとした感慨が広がった。

旅が終わった。

鮮やかで、豊かで、切なくて、充実した旅だった。

兄の自分探しは、決して現実から逃げるばかりの虚しいものではなかった。

原稿の角をそろえ、クリップで留め直したとき、窓の外はうっすらと明るくなり始めていた。椅子の上で、啓二は大きく伸びをする。

兄は恐らく、この小説を自分に読ませるために書いたのだ。

以前、祐一のフリーアドレス宛に、出版社に就職した旨《むね》だけは知らせておいた記憶がある。それに対する返信があったか否かは、さっぱり覚えていないけれど。

浮世離れした祐一のことだ。勤務先の出版社に原稿を送れば、自分がそれを読むと単純に信じていたに違いない。実際には、編集部員が下読みをしない新人賞も多いし、そうであっても、あてがわれる段ボールにその原稿が入るとは限らない。なにしろ、新人賞の応募原稿は千を超えることだってあるのだ。

しかし、祐一の原稿は、奇跡的にも啓二の段ボールに入っていた。

否、たとえ誰の段ボールに入っていたとしても、よほど眼が節穴の編集部員に当たらない限り、この原稿はいずれは啓二の手元にも回ってきただろう。

最終選考用の原稿として。

凝り固まっていた首を回し、啓二は小さく笑みを浮かべた。

もしかするとここには、十年前、弟に酷い言葉をぶつけた兄の、不器用な謝罪も込められていたのかも分からない。

確かに受け取ったよ、兄貴――。

万一、この原稿が受賞を逃したとしても、自分が必ず本にする。兄もまた、それを願っているに違いない。

身内の原稿を担当するのはいささか気詰まりではあるものの、その気兼ねを凌駕《りょうが》する魅力が、祐一の作品にはあった。

覚悟を決めて、謝罪も、原稿もしっかりと承《うけたまわ》ろう。

啓二は赤ペンを手に取ると、表紙に大きく二重丸の印をつけた。


その日の夕刻、六畳一間のクーラーをつけっ放しにして布団の上に倒れ込んでいた啓二は、スマートフォンの呼び出し音に叩き起こされた。アイマスクをむしり取り、スマートフォンを手に取ると、液晶画面に妹の美郷のアイコンが表示されている。

メッセージアプリへの返信を怠っていたところ、しびれを切らして電話してきたらしい。

「もしもし……」

あくび交じりに応答すると、美郷のあきれたような声が耳元で響く。

「やだ、寝てたの？」

「まあね」

「どういう生活してんのよ」

時間を確認すれば、午後五時を少し過ぎたところだった。

カーテンの奥からは、強い西日が差し込んでいる。夏の夕暮れどきは長い。

「少しは摂生《せっせい》したほうがいいんじゃないの」

妹の主張はもっともだが、校了明けの編集者なんて大概がこんなものだ。

「ところで、お兄ちゃんと連絡取れた？」

「いや、ちょっとね……」

「ええっ、もう結婚記念日、二週間後だよ！」

徹夜明けの頭に、美郷の遠慮のない声がきんきんと響き渡った。

「もう、予約入れないと間に合わないよ。だって、今回予約しようと思ってるお店、一日三組限定なんだもん」

美郷曰く、そこはこだわりの食材を使ったフレンチで、予約時点から人数の変更もできないという。

「めんどくせえ店だな……」

つい率直な感想を漏らし、啓二は美郷の逆鱗《げきりん》に触れた。

「なに、言ってんのよ！　文句があるなら、啓ちゃんが店探しなさいよ。編集者なのに、いい店ちっとも知らないくせに。それに、ここ、お母さんが婦人雑誌で見て、前からいきたがってたお店なんだからね！」

妹のあまりの剣幕《けんまく》に、啓二はスマートフォンから耳を離す。

女性のこだわりに茶々《ちゃちゃ》を入れるとろくなことにならないことは、別れた恋人との経験からも学習済みのはずだったのだが。

「もう、いい」

電話口で、美郷が鼻を鳴らした。

「連絡取れないなら、今回、お兄ちゃんは抜きにする。お母さんのテンションは下がるだろうけど、そればっかりは仕方ないよね」

「ちょっと、待て」

勝手に結論づけようとする美郷を、啓二は慌てて遮る。

布団の上に身を起こすと、ようやく頭がはっきりしてきた。卓上カレンダーに眼を走らせ、日づけを確認する。

「結婚記念日って、再来週の日曜だよな」

「そうだけど」

ならば間に合う。

啓二は卓上カレンダーを引き寄せた。来週の週末には、最終選考の原稿が決まる。そこで、編集部内でも応募者の個人情報が明らかになる。

つまり、祐一の緊急連絡先が手に入る。

「大丈夫だ。それまでに、兄貴と連絡が取れるはずだ」

「えー、本当？　でも、お兄ちゃんって、今どこにいるかも分からないんでしょう」

急に自信たっぷりになった啓二を、美郷は訝《いぶか》しんでいるようだった。

「メールきたの？」

「それはないけど」

あの原稿を自分に読ませるために送ってきたのなら、祐一は今後もメールを寄こさない可能性が高い。あの兄のことだ。妙に照れている場合もありうる。

ともあれ、出版社からの投稿原稿についての連絡であれば、祐一とてそれを受けずにはいられないだろう。

「メールないんじゃ、駄目じゃん」

「いや、駄目じゃない」

不満げな美郷に、啓二はきっぱり言い切る。もしかしたら兄は、「編集者としての」自分からの連絡を待っているのかもしれない。

「本当に？」

「任せろ」

男兄弟には、男兄弟にしか分からない機微《きび》というものがあるのだ。妹よ。

「……じゃあ、任せるよ」

腑に落ちない様子だったが、美郷は渋々納得する。

「それじゃ、今日中に、五人で予約入れるからね？」

「おう。頼んだ」

最後まで不安げだったが、それから数時間後に、美郷は予約した店のＵＲＬを送ってきた。

【人数変更できないんだからね。お兄ちゃんへの連絡、マジに頼んだからね】

念押しのメッセージと、妙な表情の猫のキャラクタースタンプが連打されている。

【安心めされよ】

イエス・キリストのスタンプつきのメッセージを送ってから、念のため、メールボックスを開いてみる。

やはり、祐一からはなんの返信もきていない。

啓二は、美郷からのURLを添付した新規メールを打ち始めた。投稿原稿のことは、敢《あ》えてこちらからは触れないでおく。兄が編集者としての自分の連絡を待っているなら、それに水を差すのは野暮だと思ったからだ。

だが少し考えて、小さなメッセージを潜ませる。

体操着に、穴をあけてごめん――。

恐らくこれで、自分が祐一の原稿を読んだことが伝わるだろう。

暗号のようなメッセージを打ち終えると、啓二は祐一のフリーアドレス宛てにメールを送信した。

ついにこの日がやってきた。

ドキドキと胸の鼓動を高まらせながら、啓二は編集部のオフィスの電話に手をかけた。出版社からの連絡を受ける投稿者も緊張を覚えるだろうが、自分の見込んだ書き手に連絡を入れる編集者もまた、同じくらいの緊張と興奮を帯びる。

ましてやそれが、もう何年も会っていない身内とくれば――。

啓二が抱いた公算通り、祐一の原稿は他の編集部員からも高く評価され、五本の最終候補作のうちの一本に選ばれた。たとえ本選考で落ちたとしても、啓二は絶対にこの原稿を担当しようと心に決めている。

ふと啓二は、最終選考の会議後、編集長から呼び出されたことを思い返した。

「お前が入れ込んでる原稿、俺もなかなかいい作品だとは思うんだけどさ……」

前置きをした上で、編集長は切り出した。

「ただ、これ書いた人、相当の曲者《くせもの》だぞ」

そこで初めて、啓二はデスクが管理していた投稿者の個人情報を見せられた。たった二行の情報に、さすがに啓二も唖然とした。

「この人、応募要項ちっとも読んでないだろう。書いてきたのは、筆名《ひつめい》と連絡先の電話番号だけだぞ。プロフィールどころか、年齢も性別も住所もない」

連絡つくんだから、これでいいじゃん――。

頭の片隅で、周囲の空気をまったく読もうとしない兄が堂々と嘯《うそぶ》いた気がした。

「す、すみません……」

思わず頭を下げてしまい、「いや、別にお前に謝ってもらわなくてもいいんだけどさ」と、苦笑された。

「ただ、電話してみて、あんまり問題ありそうだったら、ちょっと考えろよ」

編集長に心配されるまでもなく、性格に問題があるのはもうずっと以前から承知している。

二行の情報が記された紙を前に、啓二は笑いを噛み殺す。

記されているのは、固定電話の番号だ。きっと、現在間借りしているシェアハウスの番号なのだろう。

それから、「こりゃ、絶対本名じゃないよな」と編集長を噴き出させた筆名。

最初に眼にしたときには、啓二も一瞬、めまいがした。

月影《つきかげ》ユウ。

ほんのちょっぴり本名の形跡が残っているのが、痛すぎる。

マジかよ、兄貴――。

この先俺に、「月影先生」とでも呼ばせるつもりかよ。

これが冗談なのか本気なのか分からないところが、祐一の恐ろしいところだ。

十桁の固定電話の番号をプッシュすると、電話はすぐにつながった。啓二は再び緊張を覚える。

「はい」

落ち着いた女性の声がした。シェアハウスの住人の誰かだろうか。

「あの、私……」

出版社名を名乗り、「月影ユウ」を呼び出そうとした矢先、「うわーっ」と女性が歓声をあげる。同居する住人に、兄が投稿のことを話しでもしたのだろうか。

「いや、あの、ですから月影ユウさんを」

第三者に先に最終選考の結果を知らせるわけにはいかないと、啓二は祐一を電話口に呼び出そうとする。

ところが。

「はい！　私が月影ユウです」

耳元で大きく響いた返答に、啓二は完全に言葉を失った。


新鮮な生ウニの入った、トウモロコシの冷製ムース。ズワイガニの土佐酢ジュレ掛け。黒トリュフ入り、シャンピニョンのクリームスープ――。

その店のフレンチは、確かに巷《ちまた》のビストロとは一味違う、個性的なメニューだった。

素材の新鮮さも、料理の味つけも申し分ない。

但《ただ》し、必ず一人前余分に出てくることを除けば。

時折美郷から送られてくる、刺すような視線を感じながら、啓二はなんとか二人分の前菜を平らげた。

まったく……。

澄まし顔で配膳まで手掛けているオーナーシェフを、啓二は密かに睨む。

キャンセル不可能というのが料金だけならともかく、なにもわざわざ、こられなくなった人の料理を作ることはないだろうに。

「江戸前夏穴子のフリチュール、翡翠茄子《ひすいなす》添えです」

なに、フリチュールって――。

「わあ、美味しそう〜」

気取った料理名に鼻白《はなじら》む啓二をよそに、母と妹がそろって声をあげる。

「お兄ちゃんも、これたらよかったのにねぇ……」

からりと黄金色に揚がった穴子を前に母が項垂《うなだ》れると、すかさず美郷から抗議の視線が飛んできた。ナプキンを地蔵のように胸にかけた父は、母の隣で黙々と料理を食べている。

妹の矢のような視線を躱《かわ》しながら、啓二は揚げ物を前に内心溜め息をつく。

これからメインの肉料理がくることを思うと、どんなに美味しくてもさすがにトゥーマッチだ。

まさかの勘違いから数日が経っていたが、事の真相に思いが至ると、啓二は未だにぼんやりとしてしまう。

月影ユウ氏は、個人情報欄に名前と電話番号しか記載されていなかったことについて、まったく関知していなかった。どうやら原稿をプリントアウトした際、偶然データが削除《デリート》されてしまったらしい。事実を告げた途端、平謝りに謝られ、却《かえ》って啓二のほうが恐縮した。

四十代の月影氏は、雑誌編集経験もある、在宅のライターだ。そして驚くべきことに、「月影ユウ」はこの女性の本名だった。

しかし、なぜ作者を完全に祐一だと思い込んだのか。

悪い夢から醒《さ》めたように、啓二は首を横に振る。

よくよく考えれば、人の迷惑を推し量ることもできない兄に、あんな見事な心理描写が書けるわけがないのだった。ましてや、太平洋戦争時の少年兵の記憶など。

それでも自分探しの果てに、あれだけの体験を成《な》し得たのかと、勝手に慮ってしまった。

メールを見ているのか否かは知らないが、両親の結婚記念日の知らせに返事も寄こさない。

それこそが、兄、祐一本来の姿だった。

要するに、俺の買い被《かぶ》りだったってわけだ――。

肩を竦めながら、フリチュールとやらを口に運ぶ。

そのとき、母と妹から再び大きな歓声が上がった。

メイン料理がきたのかと個室の入り口に眼をやり、啓二は口にしかけていた穴子を落としそうになる。

よれよれのTシャツに、破れたジーンズ。およそフレンチのお店に似つかわしくない恰好の祐一が、大きなリュックサックを背負って立っていた。

「うわぁあああっ、兄貴！」

思わず、幽霊でも見たかのように叫んでしまう。

「なんだよ」

途端に、祐一が顔をしかめた。

「お前がこいってメール寄こしたから、きたんだろ」

リュックサックを下ろし、祐一が啓二の隣の席に乱暴に腰を下ろす。

「あ、なんだ、お前。俺の料理、全部食いやがって」

空の皿を見て文句を言う祐一の横柄《おうへい》な態度に、啓二は絶句した。

メールを見たのなら、返事を寄こせ。

くるつもりなら、時間通りにちゃんとこい。

言いたいことはいくつもあったが、すべては家族たちの興奮に押しやられる。

「お兄ちゃん、元気だったの？」

「仕事はちゃんとしてるのか」

「今、どこに住んでるの」

母を筆頭に、父からも妹からも次々と質問が飛ぶ。

新しいお絞《しぼ》りを持ってきたオーナーシェフにビールを注文しながら、祐一は己の状況についてて大雑把な説明を始めた。

曰く、兄は現在、テレビドラマや映画の音響効果の仕事に就いているらしい。この数週間は、「馬のいびき」を録音するために、北海道の牧場に泊まり込んでいたそうだ。

南の島じゃなくて、北海道だったか――。

ようやく真実を知った啓二は、途方もない脱力感に襲われた。

「まあ、すごい。お兄ちゃんたら、業界人なのね」

久しぶりに兄と再会した母が、頬を染めて興奮している。その傍らで、美郷はいささか複雑な表情を浮かべていた。

そうだよな。

啓二は妹の心情に思いを馳せる。母のために店を選び、どれだけ気を配っても、突然現れた長男に、すべてを持っていかれてしまう。

まこと、長子《ちょうし》というのは母親にとって、特別な存在であるらしい。

だが妹よ。よいではないか。

我ら次子《じし》は、それによって免《まぬが》れてきた圧力が無きにしもあらずなのだから、今は敢えて屈辱に甘んじよう。

「美郷、この穴子の天婦羅《てんぷら》、すごく美味いな」

絶妙なタイミングで、父が妹に声をかけた。

「もう、お父さんたら。天婦羅じゃなくて、フリチュールだってば」

すかさず美郷が訂正するが、その表情は嬉しそうだ。

きっとこんなふうにして、昔から桐生家はバランスを取ってきたのだろう。そしてそれは、満更《まんざら》でもない家族像のようにも思われる。

「これ、お祝い」

大きなリュックサックをあけ、祐一は木彫りのアイヌ人形を取り出した。

「まあ、可愛い」

見ようによっては不気味な人形に、母が感激の声をあげる。父は無言で半笑いだ。

「それと、啓二、これ」

「え？」

重い袋を手渡され、啓二は一瞬、きょとんとした。

「今月、お前も誕生日だろ」

当たり前のように続けられ、言葉を失う。

まさか、覚えていたとは思わなかった。けれど袋の中を覗き込み、啓二はやっぱり唖然とした。鮭をくわえた木彫りの熊が入っている。

こんなものを、六畳一間のアパートの一体どこへ置けというのか。

嫌がらせかとも思ったが、冗談なのか本気なのか分からないところが、祐一の恐ろしいところだ。

やがて、メインの和牛ステーキが供《きょう》され、久しぶりに一家全員がそろったテーブルが、一層華やいだ。鮪節《まぐろぶし》を隠し味に使ったというステーキを口に運びながら、啓二は祐一のつかみどころのない表情に眼を走らせる。

ふと、ビールを飲んでいる祐一がこちらを見た。

「そうだ、啓二！」

ビールのグラスをテーブルに叩きつけて、祐一が声を荒《あら》らげる。

「昔、俺の体操着に穴をあけたのって、あれ、お前だったんだな！」

いきなり、テーブルの下で脚を蹴られた。

「あのとき、俺がどれだけ恥かいたか分かってんのかよ。俺はまた、母さんが洗濯のときに破ったとばかり思ってたのに」

とばっちりを受けて、母が顔色を変える。

「お母さん、そんなことしてないわよ。ちょっと、啓ちゃん、お兄ちゃんになんてことしたの。今すぐ謝りなさい」

「そうだ、謝れ！」

祐一と母から交互に怒鳴られて、啓二は愕然《がくぜん》とした。

「なに、今更そんな昔のこと言ってんの？」

思わず呟くと、再び脚を蹴られた。

「いきなりメールで告白してきたのは、お前のほうだろうが」

確かに、兄からの謝罪だと思い込んでいた原稿に喚起《かんき》され、つい打ち明けてはしまったが。

それにしても大人げない態度の祐一を睨み返すと、あきれたように鼻を鳴らされた。

「本当に変な奴だな」

「兄貴にだけは、言われたくないよ！」

言い合う自分たちをよそに、父と妹は素知らぬ顔でパンのお代わりをもらっている。母はお土産のアイヌ人形に見惚れ、兄はがつがつとステーキを食べ始めた。

家族の様子を見るうちに、啓二は憮然《ぶぜん》としているのが段々バカバカしくなってきた。

〝私の心を読んでください〟か――。

思い込みのきっかけとなった花言葉が心に甦り、啓二の口元に自《おの》ずと笑みが浮かぶ。

始まりは勘違いだったけれど、結局自分は切望していた原石を、見事に探し当てたことになるのだろう。

優れた物語は、ときに人の心を映し出す。

これは己のことだと、あれは彼のことだと、そこかしこに、自分でも形にできなかった心情を発見する。それが証拠に、月影氏の描く主人公に祐一の姿を投影した啓二は、今までのように兄を胡乱《うろん》な存在には感じなくなっていた。

月影ユウは本物だ。

誰よりも早く彼女の原稿に眼をつけられたことは、今後の啓二の編集者人生の大きな前進につながるに違いない。

そう思えば――。

「ありがとう、兄貴」

「なにがだよ」

真っ向から聞き返され、啓二は言葉に詰まる。

「……いや、誕生日プレゼント」

ぼそぼそと答えると。

「バーカ、あれ嫌がらせだぞ」

珍しく柔らかく微笑んだ後、兄はふいとそっぽを向いた。

第三話

マツムシソウの兄妹

「もしもし、お兄ちゃん、起きてる？」

枕をクッション代わりに、冴島春奈《さえじまはるな》はベッドの上でスマートフォンに耳を当てた。

「もしもし、春奈、起きてるよ」

耳元に響く慎吾《しんご》の柔らかな声に、春奈は安堵する。海外出張の多い兄と電話連絡が取れるのは、久しぶりだ。

「お兄ちゃん、私、今日も残業だったんだよ。どうして私ばっかり、ワーママさんの穴埋めをしなくちゃいけないんだろう。私だって、頭痛持ちなのに……」

遅い夕食の後に薬を飲んだせいか、今も頭が少しぼんやりしている。

久々の兄との電話だと分かっていながら、春奈は愚痴を吐き出さずにはいられなかった。

中堅専門商社の営業補助になってから、三年。春奈はこの秋で二十六歳になる。

伝票の打ち込みや、オジサン社員への愛想笑いは慣れてきたつもりだが、高齢出産を終えたばかりのワーキングマザーから、当たり前のように業務を押しつけられるのは未だに納得がいかない。

「なにかと、若いから大丈夫でしょ、とか言うの。今は子育ての制度が整っているけど、自分たちが二十代のときはそういうのがなかったから、出産が遅くなって大変なんだって。四十近くまで結婚できなかったのは、制度のせいだけじゃないと思うけど。そのくせ、陰では私のこと〝ゆとり〟って呼んでバカにしてるんだよ」

春奈の嘆息《たんそく》に、慎吾がたしなめるように笑う。

「仕方がないよ。きっと、春奈に嫉妬してるだけだ。春奈は若くて可愛いから」

慎吾が電話口で微笑んでいる様を思い、春奈は頬に血が上るのを感じた。

「お兄ちゃん……。私、本当に可愛い？」

「可愛いよ」

慎吾の囁《ささや》きが耳を擽《くすぐ》る。

高校時代に相次いで両親を病気で亡くしている春奈にとって、五歳年上の慎吾は唯一の肉親であり、誰よりも頼れる存在だ。兄がいてくれなければ、父と母がそろって悪性の病気になった段階で、とっくに心が壊れてしまったと思う。

兄が恋人ならよかったのに。

そうすれば、互いに別の家族を持つことを考える必要もなく、ずっと一緒にいられるのに。

詮無《せんな》い妄想だと知りつつ、春奈は時折そう願わずにはいられなかった。

「最近、卓也《たくや》も酷いの」

子供の頃からなんでも話してきた兄には、つい、自分の恋人のことまで打ち明けてしまう。

森川《もりかわ》卓也は、春奈が勤める専門商社の営業だ。同い年なこともあり、伝票の打ち込み等でやりとりをしているうちに、自然と互いに好意を持つようになった。

卓也は、両親のいない春奈のことを慮ってくれる優しい恋人だ。いずれは自分たちで新しい家庭を築こうと、いつも言ってくれていた。

そのはずなのに——。

久々の電話で愚痴が過ぎるかと思い、春奈は一瞬言いよどむ。

「卓也君がどうかしたの?」

だが兄に優しく促《うなが》され、春奈はほっと胸を撫で下ろした。おかげで、一番聞いてもらいたかった話ができる。

「実は卓也本人って言うより、妹の美佳《みか》さんのことなんだけどね。先月、突然、卓也のマンションに引っ越してきたの」

「どうして」

「それがね……」

春奈は溜め息交じりに説明を始めた。

クリエイター志望の美佳は、専門学校を卒業後、都内のデザイン事務所に勤めていたが、そこが所謂〝ブラック企業〟だったのだという。連日続くサービス残業に疲れ果て、半年もたたずに身体を壊して退職したものの、入社三ケ月間は研修期間だったとかで、結局、退職金も出なかった。それで家賃が払えなくなり、急遽《きゅうきょ》兄の卓也の元に転がり込んできたのだ。

卓也の郷里は山口なのだが、美佳は東京での仕事にこだわっていて、実家へ戻ることを断固拒否しているらしい。

正直に言って、春奈はこの美佳のことが酷く苦手だった。

卓也の家に遊びにいっても、気をきかせて出かけるわけでもない。それどころか、兄の恋人である春奈のことを、なんとなく監視しているようなのだ。

妹に新しい仕事が見つかるまでの辛抱だと卓也は言うが、春奈は美佳の仕事に対する態度にも不満があった。

大体、才能もないくせに仕事にやりがいなんかを求めているから、ブラック企業に引っかかるのだ。選り好みさえしなければ、人手不足の昨今、仕事なんていくらでも見つけられるのに。

未だにデザイン関係の仕事にこだわっているらしい美佳に、春奈は嫌悪感を覚える。

ああいう自意識過剰の女性は、なんだかんだと屁理屈をこねて、きっといつまでも仕事を見つけない。優柔不断な卓也につけ込んで、とことん居座るつもりだ。

「卓也に甘えてるだけなの」

春奈は吐き捨てる。

これまでは、週末のたびに卓也のマンションに向かい、春奈が作った夕食を一緒に食べて朝まで過ごすのが習慣になっていた。このまま結婚することになれば、卓也のマンションで二人で暮らすのだと漠然と考えていた。そこへいきなり、あんな小姑《こじゅうと》が現れるとは。

探るようにこちらの様子を窺《うかが》っている美佳の眼差しを思い返し、春奈はゾッとする。

きっとあの子は、卓也を自分に取られまいとしているのだ。

「あの妹、少しおかしいのよ」

「考えすぎだよ」

「そんなことない」

兄の穏やかな声に、春奈は強く首を横に振る。

「だって、ときどき変なことがあるの」

「変なこと?」

春奈が持参したキッチンナイフが棚から消えてしまっていたり、二人でそろえたマグカップの片方がなくなっていたり――。

全部、最近の出来事ばかりだ。

恐らく、美佳が自分への嫌がらせでやっているに違いない。

「それはちょっと、心配だね」

ようやく兄に認めてもらい、春奈はやっと溜飲《りゅういん》が下がる。

「でも、なにか誤解があるのかもしれないから、卓也君とよく話し合ってみたらどうかな。一人で悩んでいるより、解決は早いはずだよ」

「うん、そうだよね」

慎吾の優しい声を聴くうちに、春奈は心が落ち着いてくるのを感じた。

「卓也とちゃんと話してみる。それが一番だよね」

「そうだよ、春奈。なにも心配することなんてないからね」

「お兄ちゃん……」

慎吾の声が遠のいていくようで、春奈はなんだか切なくなる。

「今度はいつ話せる？」

「そうだな。明後日からしばらくまた海外だから、戻ってきたら連絡するよ」

「長くなるの？」

「撮影次第だよ」

春奈の兄、慎吾はカメラマンだ。秘境に暮らす子供たちの写真を撮り続け、今までに写真集を何冊も出版している。

才能あふれる慎吾こそが本当のクリエイターだと、春奈は誇らしく思う。

美佳なんて、ただの偽物だ。甘えとこだわりをすり替えて、実兄の脛《すね》をかじっているだけだ。

私ですら、大好きな兄のためを思って、一人暮らしに耐えているのに。

ふと春奈は、卓也との結婚を考えるのは、慎吾を自由にするためなのではないかと思い当たる。

私、本当は……。

「じゃあね。お兄ちゃん、元気でね」

その先を考えるのが怖くなり、春奈は自分から通話を終わらせた。

スマートフォンを耳から離すと、窓の外から虫の声が聞こえる。九月も半ばを過ぎ、夜はようやく少し涼しくなってきた。それでも日中の残暑はまだまだ厳しく、このところスコールのような夕立が続いている。

クッション代わりにしていた枕を肘《ひじ》の下から外し、春奈は長い息を吐いた。兄に話を聞いてもらったおかげで、今夜はよく眠れそうだ。

ナイトテーブルの上の目覚まし時計を見れば、深夜一時になるところだった。

リモコンで部屋の照明を消すと、春奈は掛け布団の中に潜り込んで眼を閉じた。


胸の上が重い。

あまりの息苦しさに春奈は眼を覚ました。まだ部屋の中は暗い。一体、何時なのだろう。

傍らのナイトテーブルに腕を伸ばそうとしたが、身体が少しも動かない。

なにか重たいものが、掛け布団の上から自分を押さえつけている。

誰？

必死に顔を上げようとして、春奈は凍りついた。

自分を窺うあの眼差し。

そんな——。

「み……か……さん……」

微かに呟いた瞬間、いきなり重力が解けた。春奈はベッドの上で飛び起きる。シーツに滴《したた》るほど、全身汗だくになっていた。

荒い息を吐きながら、春奈は暗い部屋の中を見回す。まさか、美佳の生き霊がやってきたのだろうか。そんなことが現実に起こるとは到底考えられないが、ふいに恐ろしくなって、春奈はナイトテーブルのスタンドをつけた。

目覚まし時計の針は、深夜二時を指している。兄との電話から、一時間も眠れていない。

明日も仕事なのに……。

春奈の心を焦りが襲う。テーブルの上の頭痛薬を手に取り、水も使わずにそれを乱暴に口に含むと、春奈はスタンドの明かりをつけたままでベッドの上に倒れ込んだ。


翌朝は酷い頭痛だった。それでも春奈は、重たい身体を引きずってキッチンに立った。

フライパンを熱してゴマ油を引き、生麩《なまふ》をソテーする。常備菜のきんぴらにヒジキ。小松菜のお浸《ひた》し。黒豆入りのご飯は俵型に握って海苔《のり》を巻く。

どんなに体調が悪くても、春奈は必ず毎朝二人分の弁当を作った。外回りや夜のつき合いが多い卓也のために、いつも野菜中心のおかずを数品用意する。

おかずを弁当箱に詰めていると、昨夜の夢とも現《うつつ》ともつかない出来事が甦り、春奈は思わず手をとめた。

あれは一体なんだったのだろう。本当に、美佳の怨念がやってきたのだろうか。

春奈は激しく首を横に振る。

そんなこと、あるわけない。第一、そこまで恨まれるような覚えはない。きっと疲れていただけだ。疲労からくるただの金縛りだ。

だが、満員電車に乗っている間中、春奈は誰かに見張られているような気がして落ち着かなかった。美佳とよく似た茶髪の女性を見るたび、びくりと心臓が跳ね上がった。

おかげで会社に到着したときには、すっかり疲れ果ててしまっていた。

デスクで少し休んだ後、春奈は卓也に弁当を届けにいった。卓也はちょうど外回りに出かけるところだった。

「これ、お弁当」

「春奈、いつもありがとう」

卓也のいつもの笑顔に、少しだけ気が晴れる。

大丈夫。だって、私ちゃんと尽くしているもの。これが恋人ってことだよね――。

〝そうだよ、春奈。なにも心配することなんてないからね〟

耳元で兄の声が響いたようで、春奈は一瞬陶然《とうぜん》とした。

「……るな、春奈」

気づくと、何度か呼びかけられていたようだった。

「春奈、どうかしたの？」

卓也が不思議そうにこちらを見ている。

「なんでもない。少し疲れてるだけ」

平静を装《よそお》いつつ、春奈は内心焦りを覚えた。これでは、兄への執着を和《やわ》らげるために、卓也を利用しているという自覚に負けてしまう。

「土曜日、またいくからね。卓也の好きなもの作るから、二人きりでホームパーティーしようよ」

〝二人きり〟のところに殊更《ことさら》力を入れた。

嬉しそうに頷き、卓也は弁当を鞄《かばん》に入れる。ここまで言えば、〝美佳を抜きにして〟という自分の気持ちも伝わっただろう。ようやくこれで、恋人らしい時間を取り戻すことができる。

そして――。兄の不在の寂しさを紛らわすことができる。

外回りにいく卓也を見送りながら、春奈は密かに胸を撫で下ろした。


ところが、週末とんでもないことが起きた。

ホームパーティー用の食材を買って卓也のマンションにいくと、いきなり玄関先に美佳が現れたのだ。しかも、あれだけきちんと約束をしたはずの卓也が不在だという。

「兄でしたら、高校時代の友人が山口から上京してるので、今日は朝から外出してますけど。兄からなにも聞いてないんですか」

不機嫌そうな眼差しを向けられ、春奈は返す言葉を失った。

だって、ちゃんと約束したのだ。〝二人きり〟でパーティーをしようと。

まさか――。

それに気づいた美佳が、卓也を隠しているのではあるまいか。

そう思った瞬間、すうっと血の気が引いた。

気づくと、春奈は美佳を押しのけて部屋の中に上がり込んでいた。

「ちょっと！」

背後で叫んでいる美佳に構わず、春奈は部屋の中を見回す。奥の部屋の扉が閉まっていることに気づき、勢いよくあけてみた。デスクの上に、見慣れぬマッキントッシュのパソコンが置いてある。ディスプレイに作業しかけの画像データが表示されていることに気づき、春奈は眼を見張った。

仕事、してないはずじゃ……。

「春奈さんてば！」

追いかけてきた美佳が慌てたようにブラウザを閉じる。

「……卓也はどこ？」

「だから、兄は出かけてるって言ってるじゃないですか」

美佳が陣取っているらしい部屋の様子を注意深く見ていくうちに、春奈はいくつかの異変に気づいた。壁になにかを叩きつけたような跡がある。カーテンの裾《すそ》も所々引き裂かれている。

まるで、誰かが暴れた後のようだ。

こんなこと、今まで一度もなかった。全部、美佳が現れてから起きたことだ。

「いい加減にしてくださいよ、春奈さん」

美佳がうんざりしたように呼びかけてくる。ふいに、昨夜布団の上から自分を押さえつけていた暗い眼差しが甦り、春奈は背筋が寒くなった。

美佳から距離を取り、トートバッグからスマートフォンを取り出し、卓也のアイコンをタップする。なにもかも、卓也と話せば分かることだ。

幸い、電話はすぐにつながった。

「春奈、どうしたの？」

なんでもないように問いかけられ、春奈は一瞬、啞然とした。

「卓也こそ、一体どうしたの？　今週末は二人でホームパーティーしようって、約束したじゃない」

スマートフォンの向こうで、卓也が絶句する気配がする。

「まさか、忘れてたの？」

「……ご、ごめん、春奈」

「そんな……」

スマートフォンを握る手が微かに震え出した。

「ごめん、春奈、本当にごめん。とにかく今すぐ戻るから、部屋で待っててもらえないかな」

春奈のショックを感じ取ってか、卓也の声に懇願《こんがん》の色が混じる。

怒鳴りつけて通話を終わらせたい衝動に駆られたが、こちらを窺っている美佳の視線に気づき、春奈はなんとか冷静さを取り戻そうと努力した。ここで卓也と喧嘩をしてしまったら、きっと美佳の思うつぼだろう。

「分かった……。待ってるから、できるだけ早く戻ってきて」

怒りと悲しみをこらえ、春奈はできるだけ平静にそう告げた。

「あの」

通話を終えて台所に入ろうとすると、美佳が背後から声をかけてくる。

「兄、なんて言ってました？」

「うっかり約束を忘れてしまったみたいだけれど、すぐに戻ってくれるって」

春奈は笑みを浮かべながら答えた。約束をすっぽかされても動じない寛大さを、見せつけたつもりだった。

「ふーん」

ところが、美佳は不愉快そうに眼を据わらせて呟く。

「わざわざ上京してきた友達と会ってるのに、戻らせるんだ」

独り言を装っていたが、はっきりとこちらに聞こえる音量だった。

よっぽどなにかを言い返そうかと思ったが、春奈は無言で買ってきた食材を持って台所に入った。美佳の視線を背中に感じながら、冷蔵庫をあけて食材を一つ一つ収納する。

この隙に、奥の部屋にいくか、外へ出ていってくれればいいのに。

しかし、監視でもするかのように、美佳は春奈の背後からいつまでも動こうとしなかった。

その晩、春奈はぐったり疲れ切って自室に戻ってきた。ベッドに身体を投げ出し、眼を閉じる。

ホームパーティーは散々だった。

汗だくで帰ってきた卓也を、春奈は決して責めずに笑顔で出迎えたのに、なぜだか美佳が喧々《けんけん》と兄に突っかかっていた。どうやら山口から上京していた友人というのが、美佳の知り合いでもあるようで、そのことで揉《も》めているらしかった。

要するに、兄が春奈を第一に優先したことが気に入らないのだろう。

だが、先に約束をしたのは春奈なのだから、こちらが優先されるのは当然のことだ。

本当に、美佳は浅はかだ。

陰でこそこそと兄妹喧嘩をしている二人を後目に、春奈は黙々と料理を作った。台所にはキッチンバサミしかなく、酷く使いづらかったが、それでも美味しい豆乳鍋を完成させた。

結局居座り続けた美佳のことも、春奈は甘んじて受け入れた。春奈の料理を絶賛する卓也の横に陣取った美佳は、始終不機嫌そうな表情をしていた。

なんだか、本当にくたびれる――。

枕をクッションにして身を起こし、春奈は脈打つこめかみを押さえた。

卓也のところに美佳が転がり込んできてからずっと、自分まで振り回されている気がする。

私がこんな目に遭《あ》っていることを知ったら、お兄ちゃんは一体なんて言うだろう……。

兄の声が聞きたい。

慎吾の不在が重たく心にのしかかり、春奈は長い溜め息をついた。気晴らしに、ナイトテーブルの上のスマートフォンに手を伸ばしてツイッターを開く。

〝今日は、彼のところで楽しいお鍋でした〟

豆乳鍋の写真を添付したツイートをあげてみたが、虚しいだけで、たいして心は晴れなかった。流れていくタイムラインを見るともなしに眺めているうちに、春奈はあるツイートに眼をとめた。

＃　花言葉診断
随分たくさんのリツイートや「いいね」を集めている。その人にとって一番必要な花言葉が表示されると、最近話題を呼んでいる診断らしい。

お兄ちゃんなら、今の私にどんな花言葉を贈ってくれる？

ふと、そこに慎吾がいるような気分になって、春奈はＵＲＬをクリックした。リンク先の空欄にフルネームを打ち込むと、画面に青紫色の寂し気な花が立ち現れる。

マツムシソウ――花言葉「あなたは私を置き去りにする」

春奈はハッと胸を衝かれた。

いつも一人で遠い海外に旅立っていく、慎吾の後ろ姿が見えたような気がした。

一瞬、たまらない喪失感が込み上げたが、春奈は大きく首を横に振ってそれを払った。

私は美佳とは違う。兄を束縛したりしない。

もう、私は大人なんだから――。

気を取り直し、画面の下の解説に眼をやる。

〝夏の終わりから秋にかけて咲く花。青紫色の花は西洋では悲しみの象徴とされ、よく未亡人に贈られる。日本では、マツムシが鳴く頃に咲く花として、マツムシソウと呼ばれる。別名、「嘆きの花嫁」。もう一つの花言葉は、「不幸な愛」〟

なに、それ……。

春奈は益々憂鬱《ゆううつ》になった。

嘆きの花嫁。不幸な愛。そして、「あなたは私を置き去りにする」。

どれをとっても、心の休まる言葉が一つもない。

こんなものが、今の私に必要な言葉だとでもいうつもり？

たくさんの小さな花が集まり一つの花を形成するマツムシソウは、菊と同じく頭状花《とうじょうか》だが、菊のような華やかさはなく、青紫の色も薄い花弁もどこか寂しい。

春奈は半ば苛立ちながら、診断のブラウザを閉じた。

兄がこんな言葉を自分に告げるわけがない。

ランダムで示されるだけの診断の向こうに、慎吾がいるように感じた自分がバカだった。

なんだかこのまま眠るのが悔しくて、春奈は色々な人たちのツイートを見て回る。もう真夜中なのに、たくさんの人たちが、色々なことを呟いていた。無暗に誰かを攻撃している人もいる。〝エアリプ〟と呼ばれる、愚痴とも当てこすりともつかないツイートをたどっていくうちに、妙なツイートに引っかかった。

どことなく、見覚えのある動物キャラクターのアイコンだ。だが、どこで見たのかを思い出そうとすると、こめかみの奥が鈍く痛む。

でも、これって……。

ツイートをさかのぼるうちに、春奈は段々胸がざわついてくるのを感じた。

動物キャラクターのアイコンの主の当てこすり《エアリプ》は、どうやら兄の恋人へ向けられたもののようなのだ。そして、エアリプ以外のツイートでは、病的なほど延々と兄自慢がつづられている。

曰く、この人物にとって、兄は最大の理解者で、一番近くにいる異性の親友で、恋人よりも近しい存在であるそうだ。

過去のツイートは、兄とのエピソードだらけだ。

幼い頃、二段ベッドの上と下で寝ていた二人は、糸電話を使って、一晩中話をしたという。

〝もしもし、お兄ちゃん、起きてる？〟

妹からの呼びかけに、兄が応答しなかった夜はない。思春期を過ぎても、二人は糸電話でつながり、その日にあったなにもかもを互いに詳細に報告し合っていたらしい。

だから自分たちの間には、今でも秘密は一つもない。相手に対する不満もなにもない。

ただ一つのことを除いては……。

それが〝結婚狙い〟で、弁当攻撃や料理攻撃を仕掛けてくる、平凡でつまらない〝押しかけ彼女〟だというツイートに行き当たり、春奈は思わず息を詰めた。

〝料理っていっても、大抵鍋って、超ダサい。そんなの誰にだって作れるじゃん〟

〝あんな彼女の言いなりになってるお兄ちゃんを見てると、本当に頭がおかしくなりそう〟

糸電話で話す幼い少年少女の顔が、卓也と美佳に変わっていく。

なにやら楽し気に囁き合い、くすくすと笑い合っている。その響きが明らかな嘲笑になったとき、春奈はスマートフォンを取り落とした。

ナイトテーブルの上の頭痛薬を水なしで飲み込むと、春奈は布団をかぶって固く眼を閉じた。


窓の外には、街の明かりを映す目黒川が見える。

週明け、少しだけ残業をしてから、春奈は久しぶりにお気に入りのカフェにきていた。北欧調の家具で統一された、居心地のよいカフェだ。

カモミールティーのカップを手に、春奈はゆらゆらと揺れる川面の明かりを眺める。

卓也とも何度かデートで利用しているが、最初にこの場所を教えてくれたのは、実は兄の慎吾だった。初めて兄と一緒にここへきたときは春先で、咲き始めた桜がそれは美しかった。

今は桜並木も葉を散らし始め、厚い雲に覆われた空に黒い梢《こずえ》を伸ばしている。

今日は朝から湿気が多くて酷く蒸し暑い。残暑は相変わらずだが、日没はすっかり早くなり、六時を過ぎると窓の外は真っ暗だった。

今にも雨が降り出しそうな暗い夜空を見上げていると、会社での一日が甦り、春奈の胸が重く塞《ふさ》ぐ。

この日、春奈は朝から凡ミスを連発した。

週末のホームパーティーが散々だったおかげで、ずっと気分がすぐれず、昨夜もほとんど眠れなかったせいだ。

大事な取引先からの伝言メモを紛失してしまったり、データを二重登録してしまったり、会議で別の資料を用意してしまったり――。〝お迎え〟の時間に間に合わなくなったワーママからも、散々に嫌みを言われた。

けれどそのおかげで、見かねたらしい卓也から、久々に夕食に誘われた。

営業職が三年目に入ってから卓也は俄然《がぜん》忙しくなり、なかなか夜ご飯を一緒に食べることができなかったので、これはこれでよい機会なのかもしれない。外でのデートであれば、美佳の視線に気分を害されることもないだろう。

外回りからの帰宅時間が読めないため、二人で何度かきたことのあるこのカフェで待っているようにと告げられた。卓也は卓也で、週末のホームパーティーをすっぽかしかけたことへの穴埋めをしているつもりなのかもしれない。

カモミールティーのカップで掌《てのひら》を温め、春奈は小さく息を吐く。

この土日は本当にきつかった。どんなに薬を飲んでも頭痛が治まらず、ようやく眠れても嫌な夢ばかり見た。支離滅裂《しりめつれつ》な悪夢の中で、一番頭にこびりついているのは、糸電話で囁き合う幼い兄妹の印象だ。必ず途中から、それが卓也と美佳の顔に変わる。

あんなツイッターなんて、見るから……。

そう思った瞬間、春奈の指先がぴくりと震えた。

無意識のうちに、トートバッグの中のスマートフォンに手を伸ばす。

あんな変なアカウント、もう二度と見たくない。そう思っているはずなのに、指が検索欄にたどり着く。

卓也が早くきてくれないのが悪いのだ。だから、こんなことになってしまう――。

半ば責任転嫁をしながら、春奈はいつしか、件《くだん》の動物キャラクターのアカウントを探し出していた。怖いもの見たさのような気持ちで、ツイートをさかのぼっていく。

相変わらずの鼻持ちならない兄自慢と、兄の恋人への幼稚な当てこすりばかり。

このアカウント主は、やっぱり美佳本人なのではないだろうか。

スクロールを続けるうちに、突然、ある画像が視界に飛び込み、春奈は息を呑んだ。

カフェの写真がある。白い壁。北欧調の家具。窓の外の目黒川。

人物は写っていないが、間違いなく、このカフェだ。

見られている――。

ゾッと皮膚が粟立つ。

美佳だ。美佳がどこかから自分を見ている。

〝見ないで〟

震える指先で、返信《リプライ》を送った。すると、間髪容れずに着信のチャイムが鳴り響く。

〝そっちこそ勝手に入ってこないで。私たちの間には、誰も割り込めないんだから〟

思わず周囲を見回した。

すると、暗がりの席に、糸電話を手にした女がいる。

女がゆっくりと顔を上げた。悪意に満ちた眼差しは、間違いなく美佳のものだ。

春奈は悲鳴をあげて立ち上がった。店中の視線が一斉に自分に集まる。これ以上美佳にかかわるのが怖くて、春奈は慌てて荷物をまとめる。

「お客様……」

驚いて声をかけてくる店員を振り払い、春奈は店の外に飛び出した。

ぽつり、と雨が肩を打つ。

大粒の雨が地面を叩き、あっという間に周囲は土砂降りになった。遠くでゴロゴロと雷鳴が響く。

「春奈？」

そこへ、折り畳み傘を差した卓也が丁度やってきた。

「春奈、どうしたの。店の中で待っててって、言ったよね」

傘を差しかけようとする卓也を、春奈は思い切り突き飛ばす。

「こないで！」

「春奈、一体、どうしたって言うんだよ。とにかく、落ち着いて」

「やめて！」

スマートフォンを突きつけて、春奈は叫んだ。

「私のこと、美佳と一緒に陰で笑ってるくせに。あんたたち兄妹は、異常よっ！」

卓也を振り切り、春奈は雨の中を駆け出した。

驟雨《しゅうう》は周囲が見えないほどに激しくなり、やがて鋭い稲光が閃く。

激しい雨の中、びしょ濡れになって走りながら、春奈はとめどなく涙が溢れてくるのを感じた。

お兄ちゃん……。

脳裏に慎吾の姿が浮かぶ。

やっぱり、卓也なんかじゃ駄目だった。自分に一番必要なのは――。

「お兄ちゃん、お兄ちゃん」

うわごとのように繰り返しながら、春奈はスマートフォンをタップした。

だが、兄はまだ帰国していないらしく、通話はどこにもつながらない。

すぐ傍《そば》に雷が落ちたのか、いきなり辺りが真っ白になった。同時になにかが砕かれるような轟音《ごうおん》が響き渡り、春奈は地面にしゃがみ込んだ。

お兄ちゃん、お願い。早く、帰ってきて……。

〝あなたは私を置き去りにする〟

青紫のマツムシソウが、首がもげそうに揺れている。

激しい雨に打たれながら、いつしか春奈は、ぼんやりと意識が遠のいていくのを感じた。

うっすらと眼をあけると、白い天井が見えた。蛍光灯の青白い明かりを、春奈はぼんやりと眺める。

私、どうしたんだっけ……。

上半身を起こそうとしたが、酷く身体が重い。ふと左腕に眼をやると、点滴の針が刺さっていた。

病院？

そこでようやく、春奈は記憶の一部が戻ってくるのを感じた。

そうだ、私――。

恋人の卓也の妹、美佳からストーカーじみた行為を受けて、恐ろしさの余り、待ち合わせの店から飛び出したのだった。折悪《おりあ》しく大雨が降ってきて、全身から水が滴るほどびしょ濡れになってしまった。

それから先のことは、あまりよく覚えていない。

誰かが着替えさせてくれたらしく、人気《ひとけ》のない病室で硬いベッドに横たわっている春奈は、糊《のり》のきいた薄い検査服のようなものを着ていた。

じっとしていると、再び気だるい眠気が忍び寄ってくる。うとうとと眼を閉じかけていた春奈は、しかし、どこかから聞こえてくる男女の声に、意識を引き戻された。

扉越しの向こうの部屋で、誰かが言い争っている。

会話の内容までは聞き取れないが、一方的に言い募っているのは女で、男はただそれを受けとめているようだった。

「……だから、なんでお兄ちゃんが、そこまでするのよ！」

一際高い声が響いたとき、春奈はびくりと身を竦ませた。

美佳の声だ。

「いっつもあの人の言いなりになって。この間だって、なかなか会えない高校時代の友達がせっかく訪ねてきてくれたのに……」

ヒステリックに怒鳴る美佳に応えている卓也の声は、ここまで届かない。春奈はなんとかして起きようとするが、点滴に入っている薬のせいなのか、頭の芯がぼんやりして身体が思うように動かなかった。

卓也……。

激しい雨の中、倒れた自分を抱き起こそうとする卓也の腕の感触が甦り、春奈は目蓋を閉じる。自分を抱きかかえる卓也の顔に、今は遠い海外にいる兄、慎吾の面影が重なった。

お兄ちゃん……。

兄は最大の理解者。一番近くにいる異性の親友。恋人よりも近しい存在――。

〝だから、勝手に割り込んでこないでよ！〟

ふいに、耳元で美佳の怒声がした。

卓也の部屋に転がり込んできた美佳が、そこに春奈の痕跡を見つけてヒステリーを起こしている。春奈が料理に使うキッチンナイフを捨て、二人でそろえたマグカップの片方を、思い切り壁に叩きつける。とめようとした卓也と争い、カーテンをつかんで引きちぎる。

まるで見てきたかのように、美佳が暴れる光景が目蓋の裏をよぎった。

だから、部屋があんなふうに荒れていたのだ。全部、美佳の嫉妬による行動だったに違いない。

美佳は異常だ。

このまま放っておけば、今にきっと、大変なことになる。

卓也を助けなければ――。

頭ではそう思うのだが、身体が言うことを聞かない。朦朧《もうろう》とした意識の中で、暗い眼をした美佳が糸電話を手に嗤《わら》う。

〝私たちの間には、誰も割り込めないんだから〟

美佳の幻影に突き飛ばされて、春奈は再びずるずると眠りに落ちた。

翌日、眼を覚ますと、春奈は白い病室の中にいた。

卓也が入院手続きをしてくれたらしく、枕元には朝食も届いている。ベッドの上で身を起こし、春奈は周囲を見回した。

比較的広い部屋なのに、ベッドで寝ているのは春奈一人だけだった。

味気ない朝食を食べ終えてから、窓辺に寄ってカーテンをめくってみる。窓の外には、中層のビルが連なる、雑然とした街並みが広がっていた。あれだけ厳しかった残暑がすっかり影を潜め、ひっきりなしに車が行き交う幹線道路も、閑散《かんさん》とした歩道も、どこか寒々しい気配を漂わせている。

初めての入院のはずなのに、窓からの景色に見覚えがあるような気がするのが不思議だった。もっとも、東京の町はどこも同じような外観をしている。お洒落《しやれ》だったり、風情《ふぜい》があったりするのは、ごく一部の限られた地域だけで、残りの大多数は、灰色のブロックのようなビルが無造作に立ち並ぶ、ただの〝人の巣〟だ。

春奈は視線を手元に移し、小さく息を吐いた。朝食の皿の上に、食後の薬が添えられている。三粒の小さな白い錠剤だ。

もう、風邪はすっかり治ったのだから、すぐにでも退院手続きを始めなければいけない。だが、会社に通うことを考えると、春奈の気持ちは重く沈んだ。

寝てばかりいるのに、相変わらずだるさが抜けてくれない。

昨夜もあの夢を見た。二段ベッドの上と下に寝た幼い兄妹が、糸電話を手に一晩中なにかを囁き合い、くすくすと笑い合っている。

妹がこちらを振り返る瞬間、恐ろしくなって眼が覚めた。

きっと、病院のベッドが硬すぎて、身体に合わないから嫌な夢を見るのだろう。

やはり一刻も早く、ここを出たほうがいい。

卓也のことも気になるし、なにより、兄の慎吾に心配をかけたくない。兄はそろそろ、撮影を終えて日本に帰ってくるはずだ。ベージュのマニキュアがはげかけた爪の先を見つめ、春奈は思いを巡らせる。

そのとき、ふいに部屋の扉がノックされた。

「どうぞ」

声をかけると、卓也が部屋に入ってきた。ジーパン姿の卓也に、春奈は眼を丸くする。

「卓也、どうしたの」

「どうって?」

見舞いのケーキの箱を差し出そうとしていた卓也が、怪訝《けげん》そうに眉を寄せた。

「だって、その格好。会社、休んだの?」

春奈の言葉に、卓也はほんの一瞬表情を引き締めたように見えた。丸椅子を引き寄せて春奈のベッドの傍に腰を下ろしながら、卓也がゆっくりと告げる。

「春奈、今日は土曜日だよ」

「え……」

春奈はすっと血の気が引くのを感じた。

そんなはずはない。卓也と目黒川沿いのカフェでデートの約束をしたのは、週明けだったはずだ。雨の中で倒れたのは、昨夜の出来事ではなかったのか。

だが、ふとベッドの周辺を見ると、いつの間にか春奈の日用品がたくさん持ち込まれている。

今も検査服ではなく、愛用の桜色のコットンパジャマを着ていた。

「きっと、検査が多かったんで、混乱したんだね」

なにかをごまかすように笑う卓也を、春奈は茫然と見返す。でも、それだけ日数が経っているなら、既に慎吾が帰国しているかもしれない。

〝そうだよ、春奈。なにも心配することなんてないからね〟

兄の声が耳元で響き、ハッとする。

「春奈、それよりまだ薬を飲んでなかったんだね。食後すぐに飲んだほうがいいんだろうから……」

「ねえ、私のスマホは？」

皿の上の錠剤を指さす卓也を遮り、春奈は声をあげた。日用品の置かれた棚の上を探したが、どこにもスマートフォンが見当たらない。

「ここは病室だから、スマホは使えないよ」

卓也が言い訳めいた返事をする。

「だったら、使えるところに連れていって。病院でも、スマホを使える場所くらいあるでしょう？　風邪ならもう、大丈夫だから」

起き上がろうとする春奈を、卓也は優しく押しとどめた。

「うん、そうだね。でも、食後の薬を飲んでからにしたほうがいいよ。スマホは先生に預けてあるから、午後の検査のときにでも返してもらえばいい。せっかくケーキも買ってきたんだし。

春奈の好きなモンブランだよ。丁度、新栗のが売ってたんだ」

「本当に、スマホを返してもらえる？」

「当たり前だよ」

卓也の穏やかな口調に、春奈はようやく落ち着きを取り戻した。

「だから、早く薬を飲んじゃいなよ」

促されるままに、三粒の錠剤を口に含んで飲み下す。それをじっと見守っていた卓也が、ケーキの箱をあけた。勝手知ったるように備えつけの戸棚を開き、皿を取り出してケーキを載せている。

卓也は以前にも、この病院にきたことがあるのだろうか。

微かな違和感を覚えたが、卓也は春奈を振り返り、にっこりと笑った。

「どうぞ召し上がれ、お嬢様」

執事のように恭《うやうや》しく皿を差し出され、春奈も思わず微笑む。

自分は少し、過敏になりすぎているのかもしれない。美佳のせいで忘れかけていた恋人らしい時間が、やっと帰ってきた気がする。

だが皿に描かれている動物キャラクターに、春奈の心臓がどきりと音をたてた。

このキャラクター、どこかで見た覚えがある。

しかし、その先を考えようとすると、途端に頭の中に霞《かすみ》がかかったようになった。

「ねえ、卓也」

ただ甘いだけのモンブランを咀嚼《そしやく》しながら、春奈は呟くように告げる。

「私、もうどこも悪くないから、早く退院しないと」

「会社なら、大丈夫だよ」

そうじゃなくて……。

「そろそろ、兄も帰ってくるし」

そのとき、卓也の頬がぴくりと動いたように見えた。

「入院なんてしてたら、心配させちゃう」

なぜだろう。起きたばかりなのに、猛烈な眠気が襲ってくる。

「そうだね。でも、もう少しだけ、ここにいたほうがいいかもしれない」

自分を見返してくる卓也の冷静な表情が、滲《にじ》むようにぼやけていく。

霞んでいく意識の中で、春奈はふいに妙な不安に囚われた。

「ねえ、卓也。ここって、本当に普通の病院なんだよね」

春奈の問いかけに、なぜか卓也は答えようとしない。固く唇を引き結び、じっとこちらを見ている。

まさか……。

自分は、卓也と美佳に囚われているのではあるまいか。

でも、一体、なんのために？

必死に意識を保とうとしたが、とうとう耐え切れず、春奈はモンブランを食べていたフォークを取り落とした。

次に眼が覚めたとき、卓也の姿はなく、部屋の中はしんとしていた。

厚手のカーテンが引かれているため、今が何時なのかよく分からない。春奈は食べかけのモンブランが載った皿を見つめた。縁に描かれている動物のキャラクター。

これ、一体、なんていうキャラクターだっけ……。

春奈は微かに眉を寄せる。

どこかで見た覚えはあるけれど。ちっとも可愛くないキャラクター。

大体、こんなお皿、誰が買ってきたのだろう。

頭がぼんやりし、感覚が麻痺している。

なにか大事なことを考えなければならないはずなのに、すべてが面倒になり、春奈は硬いベッドの上で寝返りを打った。どれだけ眠っても、だるさが取れない。

まるで頭や身体の中に、重い石が詰まっているようだ。

ノックの音が響いたが、春奈は返事をする気にもなれず、だらしなくベッドに横たわっていた。再び扉がもう少し強くノックされる。

それでも返事をしないでいると、扉がガチャリとあいた。恐らく卓也が戻ってきたのだろう。

渋々振り返り、春奈は息を呑んだ。

蒼褪《あおざ》めた表情の美佳が、自分を見下ろしている。

もっと頭がはっきりしていたら、春奈は悲鳴をあげていただろう。だが、今は意識が半ば朦朧としているせいで、恐怖心も麻痺してしまっている。

春奈は無言で、暗い表情の美佳を眺めた。

それでも美佳が一歩近づいてきたときは、さすがに緊張を覚えた。掛け布団を握りしめ、ベッドの上で身構える。

「春奈さん、お願いします」

だが、眼の前に立った美佳は、手にしていたトートバッグを棚の上に置いて深々と頭を下げた。

「どうか、兄と別れてください」

春奈は一瞬茫然として、自分に向かって下げられた美佳の頭頂部を見つめる。

「……なんで……」

やがて春奈の唇から、震える声が漏れた。

「どうして、そこまで……」

自分にだって大好きな兄がいる。

けれど、美佳のような真似はしたことがない。慎吾に恋人ができたときは、笑顔で祝福した。

本当はその恋人のことが死ぬほど憎かったけれど、美佳のように妨害することはできなかった。

本当は、自分だって、それくらいのことはしてやりたかった。

だって、紹介された恋人は、才能溢れる兄とは不釣り合いの、まったくもって凡庸《ぼんよう》な女だったから。

でも、慎吾の前では不快感をあらわにすることはできなかった。だから――。

「私、もう、これ以上見ていられないんです」

自分の思いに取り込まれそうになっていた春奈は、美佳の言葉に我に返る。

「これ以上、あなたに振り回される兄を見ていられない」

どういうこと？

春奈は絶句する。

一体いつ、自分が卓也を振り回したというのだろう。

自分は恋人として、ちゃんと卓也に尽くしてきた。毎日弁当だって用意したし、週末に栄養バランスのよい鍋料理だって作ってきた。

そう。

い、い、あの女が、兄にしていたように――。

「……私たちを振り回しているのは、美佳さん、あなたのほうじゃないの」

ベッドの上で身を起こしながら、春奈は懸命に言葉を返す。

「いっつも私たちを監視して、いっつも私たちの邪魔をして」

本当なら、自分だってそうしてやりたかった。

「私は我慢していたのに、あなたときたら……！」

これまで美佳にされてきた様々な仕打ちが甦り、春奈は段々興奮してきた。おかげで血の気が巡り、徐々に頭がはっきりとしてくる。

「美佳さん、あなた、私のキッチンナイフをどこかに隠したでしょう？」

春奈が身を乗り出すと、ばつが悪そうに美佳の眼差しが揺れた。

「だって、あれは……」

やっぱり美佳の仕業だったのだ。

ふと、美佳が陣取っている奥の部屋のデスクの上に、作業途中の画像データが表示されたマッキントッシュが載っていたことを思い出す。

「ねえ、美佳さん。あなた、本当に仕事を辞めたの？　この間、私が部屋にいったとき、作業中のパソコンがあったよね」

まさかと思って聞いてみたのに、美佳の顔が引きつった。その表情が、なによりも雄弁に春奈の推測が正しいことを語っていた。

「信じられない……」

つまり美佳は、兄と恋人の仲を引き裂くためだけに、卓也の部屋に乗り込んできたということか。春奈のマグカップを壁に投げつけ、カーテンを引きちぎって暴れる美佳の様子が脳裏をかすめる。

やっぱりこの人は、異常だ。

「卓也を振り回してるのは、私じゃなくて、あなたじゃない。あんなふうに部屋が荒れるまで暴れるなんて、どうかしてる！」

「え……」

美佳の眼が大きく見開いた。

「春奈さん、それ、本気で言ってるの」

「当たり前じゃない。毎週卓也の部屋に泊まってる私が、気づかないとでも思っていたの？　あなた、あの部屋で暴れたでしょう」

ベッドから脚を下ろし、春奈は美佳に指を突きつける。

「大体、ここはどこなの？　本当に病院なの？　こんなところに私を閉じ込めて、一体、なにをするつもりなの？」

「ちょっと、春奈さん、なに言ってるんですか」

美佳の顔がますますひきつった。

「美佳さん、あなた、普通じゃないわよ」

ごまかされてなるものかと、春奈は声を張りあげる。

「私を尾行までして」

「そ、そんなことしてない」

「嘘つき！」

怖気《おじけ》づいたように口ごもる美佳を、春奈は一喝《いっかつ》した。

「だったら、スマホを見せなさいよ。散々、私への当てこすりを書いていたくせに」

棚の上の美佳のトートバッグを、ひったくる。

「やめて！」

慌てる美佳に背を向け、春奈はバッグの中を探った。そこに、自分のスマートフォンが入っていることに気づき、一気に頭に血が上る。

「なんで、あなたが私のスマホを持ってるの？」

「それは、ただ、兄から頼まれて、預かっていただけ……」

「嘘ばっかり！　あなたが隠してたのね」

近づこうとする美佳を突き飛ばし、春奈はツイッターを開いた。指が自然と動き、検索をする。そうだ。あの動物のキャラクターのアカウント——。

「ほら、これ、あなたのアカウントでしょう」

春奈は勝ち誇ったように、ツイッターの画面を美佳に向けた。

嫉妬心むき出しの兄の恋人への当てこすり。幼稚極まりない兄自慢。

そして、春奈が卓也との待ち合わせをしていたカフェの写真。

「やっぱり、私の後をつけてたんじゃない」

送ってよこしたリプライは小賢《こざか》しく削除してあったが、春奈のお気に入りのカフェの写真だけはそこに残っていた。尻尾をつかんでやったと春奈は勢いづく。

これでもう、さすがの美佳も、なんの言い訳もできないに違いない。

美佳はしばらく驚いたようにツイッターの画面を見ていたが、やがて大きく息を吐いた。予想に反し、その表情は酷く醒めている。

「そのツイートの日づけ、ちゃんと見ましたか」

日づけ？

淡々とした口調で諭すように告げられ、春奈は一瞬虚《きょ》を衝《つ》かれた。手元のスマートフォンに眼をやり、言葉を失う。

ツイートの日づけは、すべて二年前のものだった。

これって、一体、どういうこと――？

スマートフォンを握る手が微かに震え出す。ツイッターの画面越しに、棚の上の皿が眼に入った。同じ動物のキャラクター。

この皿は、このアカウントは……。

再びぼんやりしてきた春奈の耳に、美佳のこれみよがしの溜め息が響いた。

「お兄ちゃんは同情してるけど、私はもうこれ以上、つき合いきれない」

冷たい眼差しを向けながら、美佳が畳みかけてくる。

「春奈さん、いい加減にしてくださいよ。なにかのお芝居でもしてるつもりなんですか」

「……なんのこと」

「まだそんなことを言うんですか」

美佳が眉を顰めた。

「春奈さん、会社ではちゃんと仕事してるんですよね。なのに、兄や私の前でだけ、こんなことばっかりして。結局、私の兄の気を引きたいだけですよね」

答えられない春奈に、今度は美佳が詰め寄ってくる。

「第一、悲しいのは春奈さんだけじゃないんですよ。加奈子《かなこ》さんの気持ちとか、ちゃんと考えたことあるんですか」

加奈子さん——？

そんな女は知らない。知りたくもない。

「いい加減、ちゃんと現実と向き合ってください」

美佳の声が懇願の色を帯びた。

「だって、あれから、もう一年以上も経つんですよ」

春奈の眼を見つめ、美佳が真剣に告げる。

「あなたのお兄さんは……、慎吾さんは、もう帰ってきません」

その瞬間、春奈の中で、なにかがぷつりと音をたてた。

気がつくと、手にしたスマートフォンを思い切り美佳に叩きつけていた。呆気にとられる美佳を押さえつけ、食べかけのモンブランに刺さっていたフォークを手に取る。

フォークの柄を握りしめ、思い切り振り下ろす。

二の腕にフォークを突き立てられ、美佳が悲鳴をあげた。春奈は無言でフォークを引き抜き、今度は顔を狙う。

「やめてぇっ！」

絶叫して逃げ惑う美佳の腕から、真っ赤な血が滴った。

そのとき、いきなり扉が開いた。

「春奈っ、なにしてるんだ！」

血相を変えて飛び込んできた卓也に、美佳が縋《すが》りつく。

「お兄ちゃん、助けてぇっ！」

卓也と一緒にやってきた白衣の人たちが、フォークを振り回す春奈を羽交い絞めにした。身動きが取れず、苦しい。卓也も白衣の人たちも盛んになにかを叫んでいるが、言葉がまったく頭に入ってこない。

暴れる春奈の腕に、誰かが注射の針を立てた。

「お兄ちゃん、助けて……」

遠のいていく意識の中で、春奈は我知らず美佳の言葉を繰り返していた。


暗い野原で、一輪のマツムシソウが、激しい雨に打たれている。

寂し気な青紫色の花弁が濡れそぼち、今にも折れてしまいそうだ。

マツムシソウの花言葉は、「嘆きの花嫁」「不幸な愛」。それから――。

春奈がマツムシソウに手を差し伸べかけると、どこかから、誰かの声が響いた。

〝だから、それは逆効果なんですよ……〟

諭すような低い話し方。何度も聞いたことがあるような気もするし、初めて聞くような気もする。

〝真実を話しても、患者は受け入れることができないんです〟

患者？

それって、一体誰のことだろう。雨の野原に跪《ひざまず》き、春奈は耳を澄ませる。

〝でも、先生。今のままじゃ兄が心配です。兄は、キッチンナイフを突きつけられたことだってあるんですよ〟

金切り声で叫んでいるのは美佳だ。

〝だから、治療が必要なんです……〟

会話がくぐもり聞こえなくなる。なにを話しているのかはよく分からないが、美佳が怒られているのはいい気味だ。

あの人、自分のことを棚に上げて、私に説教なんかして。

加奈子さんの気持ちとか、ちゃんと考えたことあるんですか――。

詰め寄ってきた美佳の声が甦り、春奈は眉間に皺《しわ》を寄せる。

加奈子――。そんな名前は、思い出したくもない。

初めて紹介されたときから、ずっと気に入らなかった。あの女。

美人でもないし、聡明でもない。あんな女、ちっとも兄にふさわしくない。

毎週末家へやってきて、春奈の分まで料理を作っていく〝押しかけ〟ぶり。なにかと、私たちに両親がいないことを気にかけるようなそぶりを見せていたけれど、あんなの結婚狙いなのは明らかだ。

第一、私はお兄ちゃんさえいてくれればそれでいいのだ。

でも慎吾の前で、それをあらわにすることはできなかった。

だって、私はお兄ちゃんの自慢の妹だもの。思いやりがあって、優しくて、大人でなければいけないんだもの。

だから、ツイッターの別アカウントで、思う存分、当てこすり《エアリプ》してやった。

〝料理っていっても、大抵鍋って、超ダサい。そんなの誰にだって作れるじゃん〟

〝あんな彼女の言いなりになってるお兄ちゃんを見てると、本当に頭がおかしくなりそう〟

アカウントのアイコンは、あの女が私の誕生日に買ってきた皿についていた変な動物のキャラクターにした。

趣味の悪いキャラクター。

あんな皿、その場で割ったってよかったのに、一応棚にしまったんだから、感謝してほしい。

それを私のお気に入りだと勘違いしている卓也もどうかしている。

〝でも、俺が面倒見るしかないんだ。春奈にはもう、誰もいないんだぞ〟

ふいに、卓也の声が聞こえた。

〝だから、お兄ちゃんがそこまで責任感じる必要ないんだってば〟

またしても、卓也と美佳が言い争っている。本当におかしな兄妹だ。

誰もいないはずがない。

たとえ両親がいなくても、春奈には、卓也なんかよりずっと頼りになる兄の慎吾がいる。

〝そういうわけにはいかないよ。慎吾さんが航空事故に遭ったのは、うちの部署が発注したパンフレット用の写真を撮影に出かけていたときだったんだし……〟

〝そんなのお兄ちゃんのせいじゃないよ！〟

〝でも、カメラマンに慎吾さんを推薦したのは、俺なんだ〟

〝だから、それは……〟

一体、なんの話をしているのだろう。

春奈は強い風に髪をあおられながら、暗い野原で雨に打たれている青紫色の寂し気な花に眼をやった。

〝あれから、もう一年以上も経つんですよ〟

〝あなたのお兄さんは……、慎吾さんは、もう帰ってきません〟

〝慎吾さんが航空事故に遭ったのは——〟

美佳の声が、卓也の声が、頭の中でぐるぐると回る。

そんなはずない。あるわけがない。

春奈は暗い野原に膝をついた。

ふいに一人で遠い海外に旅立っていく、慎吾の後ろ姿が脳裏をかすめる。

お兄ちゃんが、私を置いていくはずなんてない。

だって私たちは、子供の頃からなにもかもを分かち合ってきた。隠し事なんて一つもない。

二段ベッドの上と下。

〝もしもし、お兄ちゃん、起きてる？〟

枕もとの糸電話で囁けば、筒を伝って必ず兄の優しい声が耳を擽った。

〝もしもし、春奈、起きてるよ〟

糸電話に囁く幼い少女は、春奈だ。

糸につながれた筒を耳に当てたまま、春奈は雨に濡れた花に手を伸ばす。

青紫色の花は西洋では悲しみの象徴とされ、愛する人を失った人に贈られるという。

マツムシソウの花言葉は、「嘆きの花嫁」「不幸な愛」。それから――。

「あなたは私を置き去りにする」

お兄ちゃん……。

雨に打たれる春奈の頰を、涙が幾筋も伝って流れ落ちていく。

春奈の指がマツムシソウにかかり、細い茎がぽきりと折れた。

お兄ちゃん、私を置いていかないで。


眼が覚めると、病室は真っ暗だった。

春奈は重い頭を右手で支え、ベッドの上に身を起こした。厚手のカーテンが引かれた窓の向こうから、救急車のサイレンの音が聞こえてくる。時計がないので、今が何時なのかはさっぱり分からない。

なんだか、酷く疲れている。とても嫌な夢を見ていたせいだ。皆がそろって、ありもしない勝手なことばかり言っていた。
もう風邪はすっかり良くなったのだから、早くこんなところ出ていかなければ。
だって、もうすぐ兄の慎吾が、出張から帰ってくるもの。
兄に連絡をしなければいけない。
スマートフォンは取り上げられてしまったけれど、連絡手段ならちゃんとある。
春奈はベッドの下に手を入れた。昼間に作っておいた紙の筒に、耳を押し当てる。
「もしもし、お兄ちゃん、起きてる？」
糸電話を伝って響く声が、春奈の耳を優しく擽った。
〝もしもし、春奈、起きてるよ――〟

第四話

リコリスの兄弟

畦道《あぜみち》に、たくさんの彼岸花《ひがんばな》が咲いている。

緑の中、道に沿って点々と続く深紅の花は、まるで小さな街灯のようだ。草むらからひゅっと伸びた長い茎《くき》の上で、火花を思わせる花弁が風に揺れている。

彼岸花に縁どられた細い道。

二人の少年を乗せた、タンデム自転車が駆け抜ける。

ぴったりと息を合わせ、まったく同時にペダルを踏み込み、風を切る。タイミングを図る必要なんて微塵《みじん》もない。相手がどう動くかは、自《おの》ずと分かる。

前席の少年が心持ち振り返り、後席の少年と視線を交わした。二人の唇に笑みが浮かぶ。

眼尻《めじり》の下がり方から、口角の上がり方まで、なにもかもがそっくりだ。

なぜなら、二人はクローンだから。

同じ遺伝子セットを持って生まれてきた一卵性双生児は、兄弟というより、むしろ互いの複製《コピー》なのだ。

一つの卵子から枝分かれして生まれた、天然自然のクローン。

同じ環境で、同じものを食べ、同じように育ち、離れたこともないし、今後、離れることもない。

一人でいるより、二人でいるほうがずっと自然だ。

なぜなら、彼らは……。

前席の少年がもう一度振り返ったとき、異変が起きた。

後席でペダルを踏んでいたはずの双子の片割れが、忽然《こつぜん》と消えている。

途端に、タンデム自転車のバランスが崩れた。

残された少年を乗せて横倒しになった自転車が、真っ赤な彼岸花の群生《ぐんせい》の中にずぶずぶと沈んでいく。

やがて、すべてが呑み込まれ、辺りがしんとした。

誰もない静かな野原に、陽光だけがさんさんと降り注ぐ。

何事もなかったように風に揺れている、血のように赤い彼岸花――。

ハッとして眼を覚ますと、薄暗い天井が視界に入った。

赤い、赤い、なにもかもが、赤い。

彼岸花の海の中に沈んでいく感覚が甦り、高森颯馬《たかもりそうま》は大きく息を吐く。

また、嫌な夢だ。

額《ひたい》をぬぐえば、びっしょりと汗をかいている。ベッドの中で、颯馬は大きく寝返りを打つ。

部屋の中は暗く、まだ夜は明けていないようだ。

いつの間にか、掛け布団を全部はいでいる。全身も汗だくだった。ベッドの上で身を起こし、颯馬はサイドテーブルの目覚まし時計を手に取った。

午前五時。少し前なら、既に日が昇っている時刻だ。夏の強化合宿の間は、毎朝これくらいの時間にはもう起きていた。

中学三年の夏から秋にかけては、本当にあっという間だった。

無意識のうちに溜め息をつき、窓の方向に眼をやる。十月に入ってから急に夜が長くなり、カーテンの向こうは真っ暗だった。

ベッドを下り、颯馬はタオルを取りにいく。部屋の隅のカラーボックスから洗い立てのタオルを取り出し、顔を埋めた。

最近、いつも同じような悪夢を見て、明け方に眼が覚める。

だが現実的な意識が戻ってくるのと同時に、潮が引くように夢の痕跡《こんせき》は消えていってしまう。

ただ、覚えているのは――。

タオルから顔を上げ、颯馬は部屋の中を見回した。薄暗がりに慣れた眼の中に、周囲の様子が浮かび上がる。

壁際に置かれたもう一つのベッドには誰もいない。きちんと整えられたベッドの上に、見慣れたジャージが畳んで置いてある。

カーテンの閉められた窓に向かい、ベッドと同様に、勉強机が対称に設置されていた。机の構造も、椅子の高さも、電気スタンドも、なにもかもがおそろいだ。

けれど、その印象はまるで違う。

片方の机の上はきれいに片づけられ、棚にはたくさんの本が並んでいる。

もう片方は、机の表面が見えないほど雑然と色々なものが置かれている。プラモデル、ゲームの端末、漫画、雑誌、アイドルの写真集……。無造作に積み上げられているのは、中学生が好みそうな、しかし統一性のないアイテムばかりだ。

タオルで胸元の汗をぬぐうと、颯馬はベッドに腰をかけて項垂れた。

明け方の悪夢のおかげで、このところ慢性的な寝不足が続いているが、もう一度眠る気にはなれない。

高校受験を控えたクラスメイトの中には、五時前に起きて勉強しているものもいると聞く。最近では中学受験が盛んだが、公立に通っている颯馬たちは、中学三年が初めての受験年だった。

もっとも颯馬は、受験勉強に励む他のクラスメイトたちとは、少し違う立ち位置にいる。

だって、僕らは……。

その先を考えようとすると、胸が塞がれたようになった。

急に気持ちが落ち着かなくなり、颯馬の指がサイドテーブルの上をたどる。スマートフォンを探し当てると、勇むように起動ボタンを押した。暗い部屋の中で液晶画面が輝く。

スマートフォンは、どこにでもつながる小さな窓だ。たとえどんな場所であっても、どんな時間であっても。

学校でも家庭でも、ネットの海は必ず自分を受け入れてくれる。

スマートフォンの扱いは必ず問題になるが、ＳＮＳ中毒になるクラスメイトがいることを、颯馬はむしろ当然だと考えてしまう。

ツイッターのアカウントを開けば、こんな時間なのに、やはりタイムラインにはたくさんの人たちが蠢《うごめ》いていた。ここにいれば、少なくとも自分が一人きりではないのだと感じられる。

しばらく見るともなしに、タイムラインに流れる色々な人たちの呟きを眺めた後、颯馬は保存しておいたスクリーンショットを開いた。

最近、ＳＮＳで流行中の花言葉診断。

ハッシュタグに気づいたのは、少し前のことだった。こうしたおみくじ的なウェブサービスは、同じ名前を打ち込んでも、毎日内容が変わる。だから、これはまったくの偶然だ。

元々颯馬は、占い的なものを信じる質《たち》ではない。

なのに、このときに出た診断は、どうしても消すことができなかった。

名前を打ち込んだ瞬間、現れた診断結果に、颯馬は今も心を囚われる。

リコリス――花言葉「悲しい思い出」

聞き慣れない花の名前に添付されている画像は、怖いほどに群生する真っ赤な彼岸花だ。

〝中国大陸から入ってきたと考えられているリコリスは種子を結ばず、日本に分布するほぼすべてがクローンだと考えられている。その球根は毒を持つため、モグラやネズミを避けるために、墓の近くに植えられた。別名、彼岸花、曼殊沙華《まんじゅしゃげ》、死人花《しびとばな》〟

解説をたどるうちに、忘れかけていた先刻の夢が甦り、颯馬はハッと胸を衝かれた。

畦道に、どこまでも転々と咲く血のような彼岸花――。

〝花の時期と葉の時期が違うため、「ハミズハナミズ」とも称される。「悲しい思い出」という花言葉の由来は……〟

解説を最後まで読まず、スマートフォンをマットの上に投げ捨てる。

ほんの一瞬躊躇したが、颯馬はベッドを飛び下りて勉強机に向かった。雑然とものが溢れているほうの机に座り、わずかにあいている隙間に小さなノートを広げる。

スタンドの電気をつけると、颯馬は一心になにかを書き始めた。

ホームルームが終わるや否や、颯馬は手早く荷物をまとめて立ち上がった。

背後では、クラスメイトたちが〝過去問〟の出来について大声で愚痴り合っている。

「あと三ケ月で今年がおしまいとか、超焦るよ」

「本当だよな。まじ、焦るわ」

今や三年生のクラスは受験ムード一色だ。中には、これ見よがしに実際の試験問題と同じプリント形式の問題集を開いている者もいる。

〝焦る、焦る〟と同調ムードに浸っているクラスメイトたちをよそに、颯馬は誰とも口をきかずに教室を出た。

通学鞄を右手に、水着の入った体操着袋を肩にかけ、一段とばしで階段を上る。

学校の屋上には、開閉式の屋根を持つ立派な温水プールの施設があった。今年は残暑が長引き、九月の終わりまで天井を開放して練習に励んでいたが、今の季節はさすがに屋根を閉じている。颯馬が通う学校は、水泳強豪校だ。

もっとも、昔は校庭にプールがあったため、今のように一年中泳ぐことはできなかったそうだ。

〝中学校に温水プールとか、ありえない時代だったからな〟

三十年前にこの学校を卒業している父は、そう言って笑っていた。だがその頃から水泳部は有名で、父も都大会に出場した経験を持っている。

〝まあ、お父さんは都大会どまりだったけどな〟

頭の中に響く父の声を振り払うように、颯馬は勢いよく階段を上り切る。プールサイドに通じる更衣室の扉をあけると、すぐに塩素の匂いが漂ってきた。

「あ、高森先輩、お疲れっす……」

ジャージ姿でたむろしていた二年生が、気まずそうに颯馬を見た。颯馬は後輩たちを一瞥《いちべつ》すると、無言で着替え始めた。ほとんどの三年生は夏の大会を境に部活を引退しているので、二年生たちは明らかに気が抜けた様子だった。

既に始まっているはずの全体練習も、真面目に取り組んでいるのは一年生だけのようだ。

ここは、〝俺〟が一喝すべきなのかな――。

一瞬そう思ったが、颯馬は黙って着替えを続けた。無言の圧力は却って功《こう》を奏《そう》したらしく、背後の二年生たちも粛々と着替え始めた。

キャップをかぶり、ゴーグルを手にプールサイドに出るなり、むっとする湿気に全身を包まれる。六つのコースを備えた、二十五メートルの短水路。

一コースから三コースまでのレーンを使い、一年生の部員が百メートルを一セットにしたフリーのインターバルトレーニングに入っていた。

準備体操もそこそこに、颯馬は往復用のレーンに向かう。

ゴーグルを装着し、飛び込み台の上に立った。一年生たちが起こす波が、天窓から差し込む日差しを受けてプリズムのように輝く。満々と水を湛《たた》えた青いプールが眼下に広がっている。

「高森」

顧問の堀川《ほりかわ》教諭が声をかけてきたが、気づかぬふりをして飛び込み台を蹴った。

一点を目指し、できるだけ飛沫を上げずに入水する。生温かな水圧を全身に感じ、プールの底すれすれをドルフィンキックで進む。

浮力を覚えつつも、自分の全身の重さがはっきりと伝わってきた。身体が重くなったようにも、軽くなったようにも感じられる。

プールに入った瞬間の、この形容し難い感覚は、何度繰り返しても変わらない。

潜水が許される規定のぎりぎりで浮上し、肩甲骨から腕を回す。水泳のクロールは度々フリーと称されるが、その通称は実際には正しくない。

本来フリーは文字通りの「自由形」で、どんな泳ぎ方をしてもかまわない。バタフライでも、背泳でも、平泳ぎ《ブレスト》でも、本人が選択すれば、フリースタイルとして泳ぐことができる。

だが現実的には、「自由形競技」に、クロール以外の泳法で出場する選手は一人もいない。

クロールこそが、最速の泳法だからだ。

結局、水泳競技にフリースタイルなどどこにもない。

〝言わずもがな〟という言葉が、颯馬の脳裏をかすめる。

言わずもがな――。

言う必要がないこと。むしろ、言わないほうが良いこと。

けれど本当は、「言うまでもない」こと。

水をかき分け、前へ進む。呼吸が耳のすぐ傍で響く。

あっという間にプールサイドが近づき、颯馬はクイックターンを決めて、壁を蹴った。再び水中をドルフィンキックで進み、どんどん加速する。

だが四往復を終えた辺りで、急激に鼓動が速くなってきた。

ありえない。

颯馬は鋭く息を吐く。

この〝俺〟がこんなところで速度を落とすなんて、あってはならない。

だって、そうじゃないか。

〝俺〟は——、〝俺たち〟は、このために受験を免除されているのだから。

本来なら、受験を控えた三年生は、夏の大会を最後に全員が部活を引退する。だが、毎年全国大会に出場していた颯馬は、顧問の堀川の推薦で、卒業後は水泳大国オーストラリアのメルボルンの高校に、水泳留学することが決まっていた。

オーストラリアは州によって学期が異なるが、颯馬がいくことになっている学校は、一月一杯の夏休みを終えて二月から新学期が始まるため、卒業式の後、すぐに渡豪する予定だ。

あいつはもう、進路が決まってるんだもんな。俺たちとは、違うよ。

泳いでりゃいいんだから、気楽なもんだよな——。

同調ムード一色のクラスメイトたちが陰で交わす、〝言わずもがな〟な囁きが耳朶を打つ。

言ってろよ。

颯馬は眉間に皺を寄せる。

こちらは、各国から集まってくる優秀な水泳選手を相手に世界大会を目指さなければならないのだ。専属のコーチも、日本語の通じないオーストラリア人だと聞いている。

そんな中で、一体どうやって……。

腕が上がらなくなり、呼吸が乱れ始めた。

「……森、高森……！」

プールサイドで顧問の堀川教諭が叫んでいる。

「インターバルを取れ」

颯馬は無視して何度目かのクイックターンを試《こころ》みた。なんとか壁を蹴ることができたが、明らかにタイムが落ちてきた。息が苦しく、胸の中がごおごおと音をたてる。

こんなはずがない、こんなはずがない——。

もっとドルフィンキックを続けたいのに、意に反して身体が中途半端に浮かんできてしまう。だが水面に浮上したとき、ふっと、隣のコースにもう一人の影が現れた。ゴーグルの端にその影をとらえ、颯馬は腕を遠くへと差し伸べる。

急に呼吸が楽になった。きれいなストロークが繰り出され、ようやく水に乗っていく。

そうだ、これこそ〝俺〟の泳ぎだ。

颯馬の心に安堵に似たものが広がる。

一緒ならば〝俺たち〟は、どこまでだっていける。

しかし。

次にクイックターンを決めた瞬間、隣のコースの影は跡形もなく消えていた。

途端に全身が鉛のように重くなり、颯馬はずぶずぶと水の中に沈んでしまう。

「高森っ！」

堀川の声に、颯馬はプールの底に足をついた。

これ以上泳ぐ気力が湧かず、足を引きずるようにして一番近いサイドにたどり着いた。水から身体を引き上げると、険しい表情の堀川教諭が近づいてくる。

「インターバルをとれと言っただろう。なんだ、あの無茶苦茶な泳ぎ方は。あれじゃ、いくら泳いでも逆効果だ」

堀川は理科の教師だが、自らもオーストラリアでの水泳留学経験を持つ、元全国大会出場選手だ。その経歴を買われて、この学校に赴任《ふにん》してきたとも聞いている。

「大体、準備体操もろくにしないで、いきなり飛び込む奴がいるか」

堀川の苦言に、颯馬は密かに眉を寄せた。

「しっかりストレッチをして、百メートル一セットでタイムを計りながら泳げ。無理はするな」

最後の一言が、ざらりと胸に引っかかる。

それでも言われた通りにハムストリングスを中心にストレッチをし、今度は秒針時計を見ながら飛び込み台の上に立った。

秒針がてっぺんにきた瞬間に、飛び込み台を蹴る。入水は悪くない。ストロークだって、決して力は抜いていない。

それなのに、なぜだろう。

どうして、思ったようなタイムが出ないのだ。泳げば泳ぐほど、タイムが悪くなっていく。

これでは、往復コースを占拠して泳いでいることすらはばかられてしまう。向こうのレーンで泳いでいる一年生や二年生がこちらを注視しているような気がして、颯馬は焦った。

俺じゃない。これじゃ、俺じゃない――。

力一杯壁にタッチし、秒針時計を振り返る。

都大会の制限タイムにすら届かないタイムに、颯馬は思わず水を叩いた。

「高森」

またしても堀川が近づいてくる。颯馬はプールサイドに上がり、ゴーグルを外した。

「もう、今日はやめます」

「それは構わないが」

なにかを言いよどむ堀川の表情に、強い苛立ちを感じてしまう。

自分だって、世界大会ではまるで歯が立たなかったくせに……。

「大丈夫です。ちょっと調子が悪いだけです。推薦してくれた堀川先生に、迷惑はかけませんから」

挑戦的な口調で返すと、さすがに堀川がムッとした。

「そんなことを言ってるんじゃない」

じゃあ、なんなのだ――。

先を促すように颯馬は見返したが、堀川はそれ以上続けようとはしなかった。その眼差しに、戸惑うような色が浮かんでいる。

〝言わずもがな〟

頭の片隅に、再びその言葉が浮かんだ。

「失礼します」

冷たい声を発し、颯馬はくるりと踵を返す。プールサイドの二年生たちの視線を感じたが、颯馬は振り返らなかった。

足早に立ち去ろうとする自分に声をかけるものは、もう誰もいなかった。


家につくと、颯馬は「ただいま」も言わずに二階に上がり、自室に閉じこもった。リビングを抜けるとき、母がなにか言いたげにしていたが、無言でやり過ごした。

通学鞄を投げ出し、ベッドに腰かけ息を吐く。

このところ、学校でも家でもずっとこんな感じだ。

〝言わずもがな〟

誰もがそんな眼差しで自分を見る。

小さく首を振って顔を上げると、窓辺に並んだ二つの勉強机が眼に入った。きれいに整頓《せいとん》された机と、たくさんの物が積まれた雑然とした机。

通学鞄から小さなノートを取り出し、颯馬は迷わず、乱雑にものが置かれた勉強机に向かった。かろうじて見えている机の表面に、無理やりノートを広げる。

椅子を引いた途端、積まれていた雑誌が雪崩《なだれ》を起こした。音をたてて床に雑誌が散乱する。

颯馬はうんざりしながら、それを拾い上げた。週刊漫画雑誌のページの間から、するりと一枚の写真が滑り出る。手にした瞬間、颯馬はハッと息を呑んだ。

水着姿の二人の少年が、肩を組んで笑っている。去年の全国大会の写真だ。

顔の造作は勿論《もちろん》、眼尻に寄った皺から、口角のあげ方まで。

二人の少年は、なにもかもがそっくりだ。

当たり前だ。

写真を見つめ、颯馬は心の中で呟く。

だって、僕らはクローンだもの。

一卵性双生児として生まれた兄の颯馬と弟の翔馬《しょうま》は、ときとして両親ですら間違えるほど、よく似ている。

まったく同じ遺伝子セットを携《たずさ》えた僕らは、天然自然のクローンだ――。

顔も同じなら、持って生まれた才能だって、どこまでも同じはずだ。

それなのに。

颯馬は、写真をじっと見つめる。

複製の如く同じ顔に、当人同士にしか分からない微かな違いがある。表面的な造作ではない。恐らく内面から滲み出るものだ。

ひょっとするとそれは、精彩とか、活力とか、そういったものかも分からない。

同じ遺伝子を持つ細胞の塊《かたまり》なのに、そこに宿るものが、颯馬のほうが少しだけ強かった。

だから、これでよかったんだ。

颯馬は写真を机の上に置くと、ノートに向き直った。ページを開き、シャープペンシルを走らせる。

〝僕らは無敵だった〟

写真の二人を眺めながら、言葉を紡《つむ》ぐ。

父も母も大会出場経験者。水泳一家に生まれた双子は、幼い頃から水に親しんで育った。

〝僕らには、僕ら以外に敵がいなかった〟

物心ついた頃から二人で競い合い、高め合い、次々とレベルの高い大会に駒を進め、記録を大きく塗り替えた。そんな二人に、両親も学校も並々ならぬ期待を寄せていた。

〝でも僕らの片割れのほうが、いつも少しだけ速かった〟

弟の翔馬が、兄の颯馬に勝ったことは一度もない。

〝だから、これは不幸中の幸いだ〟

そこまで書くと、筆がとまった。

シャープペンシルを握ったまま、颯馬はじっと考え込む。その脳裏に、里山のサイクリングコースが広がった。

あれは、九月の最後の連休だ。友人たちと連れ立って、自然公園に向かった。

よく晴れた秋空の下、息の合う二人で乗るタンデム自転車でのサイクリングは最高に気持ちがいい。畦道に点々と咲いた真っ赤な彼岸花が、自分たちを歓迎しているように思えた。

双子はいつものように、二人だけで山奥のコースへと分け入った。たとえ他の友達と遊ぶことはあっても、最終的に、双子は常に行動を共にしていた。

細い畦道に入った途端、前のサドルに乗った双子の片割れが、突如猛スピードでペダルを漕ぎ出した。タンデム自転車のペダルは前と後ろで連結している。主導権を持つ前方のペダルが速くなれば、後方も従わざるを得なくなる。

〝なに、そんな張り切ってんの？　つきあってらんねぇ〟

後ろのサドルに跨《また》がった双子の片割れは、漕ぐのをさぼってペダルから足を離した。前方の双子の片割れは、一層力を込めて猛烈にペダルを漕いだ。

二人とも、ちょっとした冗談のつもりだった。

事実、なんの問題もなかったはずなのだ。後方の双子の片割れのズボンのすそが、ほつれてさえいなければ――。

二人ともまったく知らぬうちに、ほつれた部分が車輪にどんどん巻き込まれていった。気づいたときには、後方の双子の片割れが、連結部分と車輪の間に脚を挟まれていた。

背後で響いた大きな悲鳴に、前方の双子の片割れは、驚いてハンドルを切り損ねた。

タンデム自転車が大きくバウンドして、前方の片割れは地面に投げ出された。

朦朧とした意識の中、かろうじて目蓋を開くと、足を挟まれたままタンデム自転車の下敷きになっている、もう一人の片割れの姿が霞《かす》んで見えた。

慌てて助けにいこうとするのに、思うように身体が動かない。這《は》いつくばって進む先に、ゆらゆらと揺れる、血のように赤い彼岸花の群生が――。

シャープペンシルの芯がぽきりと折れて、颯馬はハッと我に返った。

ノートに穴があくほど、力を入れて握りしめていたらしい。颯馬は息を吐くと、額に滲んだ冷たい汗をぬぐった。

あの事故で、僕らの片割れは左脚に麻痺《まひ》が残った。今も病院でリハビリを続けている。

僕らのうちの一人は、もう前のようには泳げない。

だが、酷い言い方かもしれないけれど――。

期待を寄せる両親のためにも、水泳留学の推薦をしてくれた堀川顧問のためにも、残ったのが〝俺〟でよかったのだ。

それは、〝言わずもがな〟な現実だ。

〝泳げなくなった僕らの片割れの分は、残った片割れが取り戻す〟

書き終えた文字を、颯馬はじっと見つめた。


十月の下旬を過ぎたが、例年より気温の高い日が続いていた。

天窓から差し込む明るい光が水底にまで届き、プールの中は明るい。水面に上っていく気泡を追いかけるように、颯馬は腕を差し伸べた。

前へ、前へ、前へ――。

なぜだろう。気持ちにストロークがついていかない。腕が重い。

片割れと一緒に泳ぐことができなくなってから、調子が元に戻らない。

こんなの〝俺〟の泳ぎじゃない。

颯馬は息を強く吐いた。

何回泳いでもよいタイムが出ない。それどころか、どんどん悪くなる。

来月には、都内で全国の優秀選手を招待した公認記録会が予定されている。もちろん、颯馬は招待選手だ。それなのに、このままでは一般参加の選手にまで負けてしまうかもしれない。

そんなこと、あっていいはずがない。

堀川から事前に言い渡されていたプログラム本数はとっくに超えていたが、颯馬は泳ぐのをやめることができなかった。

息が苦しい。腕が重い。キックに力が入らない。

でも、こんなこと、許されるはずがない。

がむしゃらに腕を伸ばした瞬間、いきなり眼の前の水をビート板で叩かれた。

「高森、いい加減にしろ！　それじゃ逆効果だと、何度言ったら分かるんだ」

プールサイドの堀川が本気の怒声を発している。

「最初に言われた本数を守れ。いいからもう、水から上がれ！」

剣幕に負け、颯馬は渋々プールサイドに身体を引き上げた。

「なにをそんなに焦ってるんだ」

またしても、言わずもがなだ。

「そりゃ、お前の気持ちも分からなくはないけどな……」

急に語調を緩めた堀川に、颯馬は苛立つ。

「だから、先生の顔を潰すような真似はしないって言ってるじゃないですか。来月の公認記録会までにはちゃんと調整しますよ」

「誰もそんなこと言ってないだろうが」

「じゃあ、なんですか」

駄目だ。これではただの八つ当たりだ。

頭では分かっているのに、颯馬は自分をとめることができなかった。

「せっかく俺が残ったのに、当てが外れましたか」

投げつけた言葉に、堀川が眼を見張る。

「高森、お前……」

蒼褪めた表情で、堀川教諭はこちらを見つめた。

「今日はこれで失礼します」

颯馬は水を滴らせたまま、足早にプールサイドを歩き始めた。更衣室に入り、壁にかけてあるタオルをひったくる。

やはり、自分は一人では駄目なのだ。

考えまいとしていた現実が突きつけられ、颯馬はタオルに顔を埋める。

どの記録も、二人で泳いで作ったものだ。兄のほうが、弟より少しだけ速い。でもそれは、双方に支えられて築いてきた記録だった。

もう一人がいないと駄目だ。

血のように赤い彼岸花の向こうに、倒れた片割れの姿が遠ざかる。

彼岸花、リコリス――悲しい思い出。

〝中国大陸から入ってきたと考えられているリコリスは種子を結ばず、日本に分布するほぼすべてがクローンだと考えられている〟

ふいに、花言葉診断の解説が脳裏をよぎった。

〝「悲しい思い出」という花言葉の由来は、帰らぬ人への思いか、或《あ》るいは環境の変化に弱い、クローン自身の悲しみか〟

多様性に富む有性生殖に比べ、無性生殖で繁殖するクローンは環境の変化に弱い。クローンはどれだけ増殖しても、一部がウイルスに感染すれば、一網打尽に全滅する。

群生していた彼岸花が、ある年を境に一斉に消えてしまうのと同じことだ。

片割れを失った自分もきっと、自滅する。

タオルから顔を上げると、鏡に映った自分と眼が合った。そこに、失われた片割れがいた。

「……ごめん……」

颯馬の唇から、震える声が漏れる。

取り戻そうと思ったのに――。

失われた片割れの分を、残された片割れが、取り戻そうとしていたのに。

「ごめん……ごめん……」

タオルを握り締め、颯馬は鏡の中の自分に謝り続けた。

並木道の銀杏《いちょう》が色づき始めている。

今年は記録的な暖冬だと昨夜のニュースで言っていたが、十一月に入ると道路脇の樹々は先端から律儀に黄色く染まっていた。

足元に散った銀杏の葉を見つめ、颯馬は足を引きずるようにして歩いていた。

〝せっかく俺が残ったのに、当てが外れましたか〟

顧問の堀川に八つ当たりをしてしまってから、部活にも顔を出していない。

〝高森、お前……〟

堀川教諭は蒼褪めた表情でこちらを見ていた。あのときの顧問の戸惑うような眼差しを思い返すと、我知らず重い溜め息が漏れる。

今日はどこへいこうか——。

歩道橋の前で、颯馬は立ちどまった。

部活にいくのをやめてしまうと、学校にも家にも居場所がない。

今年も残すところ二ケ月となり、学校では進路面接が毎日のように行われていた。クラスメイトたちの話題は、高校受験一色だ。颯馬の通う中学では偏差値の公表がないため、多くの生徒が塾や予備校が主催する学力テストを受けているようだった。公立では偏差値偏重を脱却する教育方針が取られているが、高校受験の合否予測は結局のところ偏差値を基準に判断するしかないからだ。

期末試験以上に、彼らが学校外での学力テストに注力しているのは、颯馬にもよく分かった。

これもまた、〝言わずもがな〟な実態ということか。

誰も口に出そうとはしないけれど、その実、誰もが気づいていること。

耳触りの良い理想的な標語に、真実味がないのと同じだ。容赦《ようしゃ》のない現実は、大抵その裏側にある。

ふと、颯馬の脳裏に、心配そうな表情を浮かべた両親の顔が浮かんだ。水着を洗濯機に入れることがなくなったので、部活にいっていないと恐らく気づかれているのだろう。

昨夜夕食を食べているとき、母が次の休みに一緒に病院へ見舞いにいかないかと声をかけてきた。遠慮がちな声が甦り、耳を塞ぎたくなる。

片割れの怪我が予想以上に深刻だと分かったとき、両親も医者も顧問も、事故は偶発的なものので誰のせいでもないと言った。

しかし、そう強調されればされるほど、却って不注意を咎められているような気がしてしまう。

事実、運動選手《アスリート》の怪我は、すべてが自己責任のはずなのだ。だったら、なぜそれを追及されないのだろう。自分がまだ中学生だからだろうか。それとも、怪我をしたのが自分ではなく、片割れだったからだろうか。

考えれば考えるほど、颯馬は分からなくなっていく。

第一、都大会の制限タイムにも届かないほど絶不調な今の自分が、一体どの面を下げて片割れの前に立てるだろう。リハビリに苦心する片割れを前に、申し訳なさと情けなさで、立ち直れなくなってしまうに違いない。

のろのろと歩道橋をのぼっていくと、公園の向こうに図書館が見えた。このところ毎日のように通っているが、今日もまた、他に行き場所は見つかりそうになかった。

歩道橋を降りて、颯馬は真っ直ぐに図書館に向かう。形ばかりの小さな日本庭園を横切り、自動ドアの前に立った。両側から扉が開くと、図書館特有の古い紙の匂いが漂ってくる。

いくつかの書架《しょか》を巡り、颯馬は人気作家のミステリー小説を手に閲覧室《えつらんしつ》に入った。

閲覧室は、雑誌や新聞を読むお年寄りたちと、耳にイヤホンを突っ込んで勉強に励む制服姿の学生たちで一杯だった。できるだけ目立たない端の席を選び、そっと腰を下ろす。

破けたクッションにガムテープを貼った椅子は、四つの足が均等にそろっておらず、少し動くとガタガタと揺れた。座り心地の悪さに耐えながらページをめくったが、内容が一向に頭に入ってこない。

視線を上げれば、向かいの席の同学年らしい男子が眼に入る。制服の色から、隣の学区の中学生だと分かった。クラスメイトたちと同様に、プリント形式の〝過去問〟に取り組んでいる。イヤホンで雑音をシャットアウトした彼は、周囲のことなどまるで眼に入らない様子で、一心に問題を解いていた。

ふいに颯馬は、同じ時期にミステリー小説を読んでいることに居心地の悪さを感じた。

たとえここで、期末試験の勉強を始めたとしても、蚊帳《かや》の外にいるような感覚は消えないだろう。

自分が覚えているのが「疎外感」であることに気づき、小さく息を呑む。

今までどれだけ他の連中と違うことをしていようと、そんなことを感じたことはただの一度もなかった。

なぜなら、生まれたときから自分たちは、いつも二人だったからだ。

急に眼が醒めたようになり、颯馬は周囲を見回す。

一人で勉強している男子や女子が次々と視界に入り、背筋が冷たくなった。

今まで考えたこともなかったけれど——。

よくも彼らや彼女たちは、一人きりで生きられるものだ。

これまで自分は、一人で決めたり、行動したりしたことが、実は一度もなかった。水泳を始めたときも、オーストラリアへの留学を決めたときも、傍らにはいつだって、まったく同じ姿形をした、もう一人の自分がいた。

もちろん喧嘩をすることや、意見が分かれることはあったけれど、心の深い部分では、自分たちが〝個々の人間〟であることを意識する余地がないほど、片割れを自分の一部だと感じていた。

だって、僕らはクローンだもの——。

颯馬の脳裏に、真っ赤な彼岸花の群生が浮かぶ。

クローンはどれだけ増殖しても、一部がウイルスに感染すれば……。

その先を考えるのが怖くて、颯馬は固く眼を閉じた。

僕らは無敵。

自分が残ったのは、不幸中の幸い。

強く念じながら、眼をあけて通学鞄を引き寄せる。

たとえ一人になったって、二人の事実を変えてはいけない。失われた片割れの分は、残った片割れが取り戻さなければならない。

暗示のように書きつけた文字をもう一度読みたくて、小さなノートを探す。

しかし。

すぐに取り出せるように内ポケットに入れておいたはずのノートが、いくら探しても見つからない。しばらく開くことはなかったものの、どこかに仕舞い込んだりはしていない。いつでも読み返したり、書き足したりできるように、持ち歩いていたはずなのだ。

それなのに、どこにもない。

心拍数が一気に上がり、颯馬は息苦しくなった。

鞄の中を散々に引っかき回し、ようやく悟る。

どこかでノートを落としたのだ。

翌日、颯馬は久々に屋上に向かった。

昨日は、自分の部屋や教室中を念入りに探したが、ノートは見つからなかった。だとすれば、落としたのは、恐らく更衣室に違いない。

誰かにあのノートを見られたら――。

そう考えると気が気でなく、昨夜はほとんど眠ることができなかった。

自分と片割れがそれぞれ専用にしていたロッカーを乱暴に開き、隅々まで眼を走らせる。どんなに小さくても、ノートが落ちていればすぐに分かるはずだ。

だが、どちらのロッカーにも埃《ほこり》一つ落ちていなかった。

盛大に舌を打ち、颯馬は通学鞄をロッカーに叩き入れる。冬服のブレザーを脱ぎ、水着に着替え始めた。

気持ちが焦り、苛々する。

もう、いい。ノートはいらない。

開き直ったように、颯馬は大きく息を吐いた。

今はやるべきことをやるだけだ。

キャップとゴーグルを装着し、颯馬は足早にプールに向かった。たった数週間ぶりなのに、プールサイドに立ち込める湿気と塩素の匂いに、懐かしさを感じる。

やはり自分は、ここに活路を見出すしかない。

別にノートの暗示などなくたって、自分が再び〝俺の記録〟を取り戻せばすべては済む。

それだけだ。

まだ時間が早いせいか、顧問の堀川の姿は見えなかった。一年生が水泳補助具《プルブイ》を使って基礎練習している傍らで、二年生の部員たちが往復用レーンのコースロープにもたれて、無駄話をしていた。

「どけぇっ！」

室内を震わせるほどの大声で、颯馬は叫ぶ。

二年生たちがギョッとしたようにこちらを見た。彼らが慌ててコースロープから離れるのを待たず、颯馬は飛び込み台の上に立った。

秒針時計の針がてっぺんにくるのを見定め、水面の一点を目指し、縁《へり》にかけていた足指で思い切り台を蹴る。できるだけ水飛沫を上げず、きれいに身体が入水した。

そう。これが〝俺の〟飛び込みだ。

ゆらゆらと日差しが揺れる水面を、ドルフィンキックでぐんぐん進む。

ゴーグルの端に、隣のコースを進む片割れの幻が映った。息を合わせて、ストロークを繰り出し、水を裂く。

そうだ。これが〝俺たちの〟泳ぎなんだ。

あっという間に二十五メートルを泳ぎ切り、クイックターンで壁を蹴る。幻の影は消えたが、颯馬は懸命に突き進んだ。二往復を終え、秒針時計に眼をやる。

頬がぴくりとひきつるのを感じた。

久々に満足な泳ぎができたと思っていたのに。

やっぱり、俺のタイムじゃない。

どうして——。

颯馬は強く唇を噛んだ。

まったく同じ遺伝子セットを携えた双子は、天然自然のクローン。顔も同じなら、持って生まれた才能だって、どこまでも同じはず。

それなのに、どうして〝俺の〟タイムが出ないんだ——！

颯馬は躍起《やっき》になって泳ぎ続けたが、何回泳いでも、目指すタイムが出なかった。そのうち、昨夜の寝不足のせいか、だんだん頭がくらくらしてきた。仕方なく、一旦プールサイドに身体を引き上げる。

そのとき、向こうのレーンで基礎練習をしていた一年生たちから挨拶《あいさつ》の声があがった。見れば、顧問の堀川がプールサイドに出てきていた。顔を合わせるのが嫌で、颯馬はそそくさと立ち上がる。

堀川からの視線を感じたが、無視して再び飛び込み台にのぼった。まだ微かに上体がふらついている。それでも颯馬は、無理やり身体を空中に躍《おど》らせた。

大きな水飛沫がたち、水面に叩きつけられた腕や胸に痛みが走る。

最悪の飛び込みだ。

颯馬は内心顔をしかめた。

初心者のように無様な飛び込みをさらしてしまったことに、頭に血がのぼる。

なんのために、自分が残ったのか。

なんのために、受験を免除されているのか。

なんのために、泳いでいるのか。

どんどん、頭が熱くなっていく。

いつまでも、こんな状態が許されてたまるものか。

クイックターンで壁を蹴り、颯馬は頭を深く下げて水中ドルフィンを試みた。

水中ドルフィンは抵抗が少ない分、速度が上がる。だが、規定を超えてやりすぎれば酸欠を起こす危険な技だ。

まだできる。まだできる。

とっくに既定の十五メートルを超えていたが、颯馬は浮上しようとしなかった。

〝なに、そんな張り切ってんの?〟

どこかから、聞き慣れた声が響く。

頭の中に、真っ赤な彼岸花に囲まれたサイクリングロードが広がった。

だって、俺は——。

重たい水の中を進みながら、颯馬はあえぐ。

俺の記録を取り戻さなきゃいけないんだもの……!

〝つきあってらんねえ〟

突き放すような声が耳朶を打ち、ふっと眼の前が暗くなった。

タンデム自転車が大きくバウンドし、身体が宙に浮く。

落ちる――！
地面に投げ出されると思ったのに、颯馬はそのままずぶずぶと深紅の彼岸花の群生の中に沈んでいった。

意識が戻ると、パーティションに仕切られた天井が見えた。狭いベッドの上で、颯馬は身じろぎする。つるつるとした掛け布団が、胸までずれ落ちた。

颯馬は、自分が水着の上にジャージを羽織《はお》ったままの姿で保健室のベッドに寝かされていることに気づいた。

「高森、気がついたか」

パーティションのカーテンがひらき、ジャージ姿の堀川が顔を覗かせる。

その瞬間、颯馬はようやく直前の記憶を取り戻した。

自分は水中ドルフィンの途中で、酸欠を起こして意識を失ったのだ。気づいた堀川がプールに飛び込み、引き上げてくれたらしい。

情けない……。

薄い掛け布団の上で、颯馬はきつく拳《こぶし》を握る。

「高森」

「ご迷惑をおかけして、すみませんでした」

呼びかけてきた堀川を遮るように、颯馬は硬い声を出した。

「もう、大丈夫ですから」

ベッドから下りようとした瞬間、上半身がぐらりと揺れる。

「無理するな」

「本当に、大丈夫です」

「お前、大概にしろよ」

差し出された手を頑《かたく》なに払おうとすると、堀川が大声を出した。

「いい加減、兄の記録にこだわるな！」

颯馬はハッと眼を見張る。

眼の前に、なくしたと思っていたノートを突き出された。


颯馬になる。颯馬になる。颯馬になる――。


開かれたページに何度も書きつけられた文字に、喉の奥からかすれた声が漏れた。

「お前が一体なにを思い込んでいるのかは知らないけれどな、お前は高森兄のコピーではないだろう」

堀川が諭すような眼差しでこちらを見る。

高森兄――。それが水泳部での颯馬の呼び名だった。

「いいか、高森、お前は兄じゃない。お前はお前だ。高森翔馬」

本当の名を呼ばれ、翔馬は思わず堀川の手からノートを叩き落とした。

自分は颯馬ではない。

そんなこと、当の翔馬が一番よく分かっている。

同じ顔。同じ姿。同じ声。

まったく同じゲノムを携えて生まれてきた天然自然のクローンのはずなのに、どうしてそこに差異が生まれるのだろう。

子供の頃から同じように泳いできた。

僕らは無敵。僕らには、僕ら以外に敵がいない。

けれど僕らの片割れのほうが、いつも少しだけ速かった——。

弟の翔馬が兄の颯馬に勝ったことは、これまでにただの一度もない。

決してそのことが嫌だったわけじゃない。颯馬は翔馬の誇りでもあった。

大会の出場種目も、水泳留学も、兄の颯馬が決めたことにつきそうことが、弟の翔馬にとってはごくごく自然のことだった。

なのに、どうしてあのとき、あんなにむきになってペダルを漕いだりしたのだろう。

心のどこかでは、自分もいつかは主導権を執ってみたいと考えていたのだろうか。だから、いつも兄の背中を見てきた自分が、たまたま先頭のハンドルを握ったことに、妙な高揚を覚えたのだろうか。

サイクリングロードでタンデム自転車の前列に乗っていたのは、弟の翔馬だった。

「僕が、あんなにスピードを出したから……」

翔馬は声を震わせる。

悔やんでも、悔やんでも、悔やみきれない。

だから、取り返すしかなかった。

「残るのは、颯馬じゃなきゃ駄目なんだ」

だって、本当は、心の底では誰もがそう思っている。

〝言わずもがな〟な現実。

自分たちのかなえられなかった夢を息子に託《たく》している両親も、海外留学に二人を推薦した顧問の堀川も、本当は颯馬が無事だったらよかったと思っているに違いない。

なによりも、誰よりも、翔馬自身が。

それ故に、颯馬になりきろうとした。

翔馬なんていらない。颯馬の複製《クローン》で充分だ。

「それで、〝俺〟か……」

床に落ちたノートを拾い、堀川があきれたような声を出す。

〝せっかく俺が残ったのに、当てが外れましたか〟

以前、腹立ちまぎれに堀川に叩きつけた言葉を、翔馬はぼんやりと思い返した。

ときとして、両親ですら間違えることのあった兄弟の一番簡単な判別方法。それは、人称を聞くことだった。

別に意識してのことではない。だが物心ついた頃からずっと、兄の颯馬は「俺」、弟の翔馬は「僕」と自称していたのだ。

僕は、〝俺〟にならなきゃいけない――。

思い詰める翔馬の前に、ふっと誰かが立った気がした。

〝なに、そんな張り切ってんの？〟

子供の頃からずっと一緒にいた、聞き慣れた声が脳裏に響く。

〝つきあってらんねぇ〟

あきれたような、からかうような声音が翔馬の中に満ちた。

「あのな、高森」

ノートを差し出され、翔馬は我に返る。

堀川が眉を寄せて自分を見ていた。

「お前は自分たち兄弟がクローンだって自己暗示をかけてるみたいだけどな、傍から見てると、お前ら二人は随分違うぞ」

「そんなこと、分かってます」

翔馬の声がかすれる。

だからこそ、翔馬は颯馬の記録を取り戻すことができなかった。どんなに自己暗示をかけたって、颯馬の泳ぎを再現することはできなかった。

どれだけ頑張ろうと、翔馬は颯馬になれない。あの内面から滲み出る強さや輝きが、翔馬にはない。

願わくは、彼岸花が点々と咲く、あのサイクリングロードに戻りたい。もしあの場所に還《かえ》れるなら、自分はもう二度と進路を決めるハンドルを握るような真似はしないだろう。

いつものように、ただ兄につき従っていればよかったのだ。

彼岸花《リコリス》の花言葉は、「悲しい思い出」。

二人で築き上げてきた数々の記録も、先導の颯馬を失った今は、文字通り「悲しい思い出」だ。

「あのなぁ……」

黙り込んだ翔馬を前に、堀川がゆっくりと口を開く。

「俺が言ってるのは、そういうことじゃないんだよ」

ノートをサイドテーブルの上に置き、堀川は翔馬の肩に手をかけた。

「お前は以前から、高森兄のペースメーカーみたいに泳ぐところがあったけどな。でも、一人でのびのびと練習しているときは、ストロークの伸びが全然違う。確かにお前は百メートルのタイムでは兄に敵《かな》わないけれど、お前の泳ぎには粘り強さがある。実は俺は前から思ってたんだが、お前はそろそろ兄から離れて、長距離に転向したほうがいいんじゃないだろうか」

堀川の手に力がこもる。

「どうだ、高森。今後、フリーの千五百を泳いでみるつもりはないか」

思いがけない言葉に、翔馬の肩から力が抜けた。

四百までなら兄と一緒に泳いだことがあったけれど、千五百を泳ごうと思ったことは一度もない。百メートルのタイムに絶対の自信を持つ兄の颯馬が、長距離を面倒がっていたからだ。

フリーの千五百――。

そう考えた瞬間、タンデム自転車の前列でハンドルを握ったときのように、ぱあっと視界が開けた気がした。

「無理です」

だが、翔馬は反射的に首を横に振っていた。

「どうして無理なんだ」

「だって……」

堀川の問いかけに、言いよどむ。

一人になるのは怖い。

今までずっと、二人でいるのが当たり前だったのだ。ふいに、図書館で感じたのと同じ心許なさに襲われる。

クローンは離れたら生きていけない。

環境の変化に弱い彼岸花が、群生してその身を守ろうとするように。

切り離されたら、滅びてしまう。

「だからさ」

堀川がテーブルの上のノートを手に取った。

「また、クローンにこだわっているのかもしれないけれど、彼岸花にしろシャガにしろ、植物のクローンてのは、お前がここに書いてるほど軟弱なもんじゃないぞ。彼岸花ってのはな、元々、救荒《きゅうこう》植物として中国から日本にもたらされたと考えられているんだ」

堀川が、理科教師の顔になる。

「救荒植物ってのが、どんなものか分かるか、高森」

「……分かりません」

渋々答えた翔馬の前で、堀川は滔々《とうとう》と語り始めた。

「救荒植物ってのはな、田畑の作物が凶作のときに、代用として食料にできる植物のことだ。彼岸花の球根には毒があるけれど、貴重なでんぷん質も多い。水にさらして毒を抜けば、飢えをしのぐ代用食になる。問題は、どうして自生に近い彼岸花が、飢餓《きが》を救うほどの救世主になりえたのかって話だ」

翔馬の反応を窺うように、堀川が片眉を上げる。

「お前、クローンの彼岸花はある年を境に一斉に全滅してしまうとか書いてるけどな、その消えた彼岸花の地下が一体どうなってるか、想像したことがあるか」

地上に見えている部分だけが彼岸花のすべてではないのだと、堀川は腕を組んだ。一本の彼岸花の下に、二十個の球根が埋まっていることもざらだという。

「五十本の彼岸花が咲いていれば、その地下には、千個の球根が埋まっている可能性だってあるんだよ。だから、稲の代用が務まるんだ。つまりな……」

堀川がにやりと笑う。

「たとえ、彼岸花が環境の変化にやられて一斉に姿を消したように見えても、それは滅びたわけじゃない。球根になって、休んでいるんだ」

「休んでいる……？」

思わず繰り返した翔馬に、堀川は深く頷いた。

「そうだ。地上に姿を見せなくなっただけで、地下で休んで力を溜めてるんだ」

それが証拠に、ある年一斉に姿を見せなくなった彼岸花は、数年後、その周辺に突然ごっそりと現れたりする。地下で休んでいた球根が数年かけて数を増やし、再び地上に芽を出すのだそうだ。

「植物のクローンてのはな、本来、強《したた》かなもんなんだよ。種子を結ぶことこそないが、地下で虎視《こし》眈々《たんたん》と養分を溜めて、何度でもしぶとく甦る」

その力の溜め方もまた、見事なものだと堀川は続けた。

「ハミズハナミズの彼岸花は、ほとんどの草が枯れ果てた冬に葉を茂《しげ》らせる。春や夏に葉を茂らせる他の植物たちと競い合うこともなく、冬の太陽の日差しを存分に浴びて地下の球根を太らせる。寒さの中で元気に光合成を行い、自分たちだけの独自の立ち位置を確保するんだ」

その言葉に、翔馬の眼からぱらりと鱗が落ちた。

颯馬が隣にいなくても、皆とは違う水泳留学を選んだ自分に、妙な後ろ暗さを感じる必要はないのだと感じた。

他の人たちとは、少しやり方が違うだけ。疎外感に怯《おび》えることなどなにもない。

「なあ、高森、分かったか。クローンの彼岸花が一網打尽に滅びることなんて、実際にはないんだよ。そうでなければ、毎年毎年、あんなにたくさんの彼岸花が日本中で咲くものか」

堀川が鼻から深い息を吐く。

「クローンついでにもう一つ言うが、遺伝子がなにもかもを決定するわけじゃない。たとえ遺伝子の配列が一緒でも、兄には兄の、お前にはお前の個性がちゃんとあるじゃないか。考えても見ろ。兄はこんなふうに、なにかを書くようなタイプじゃない」

ノートを指さされ、翔馬の頬に血がのぼった。

確かに、本を読んだり、日記を書いたりするのは、翔馬だけの習慣だ。颯馬は本よりも、ゲームやプラモデルやアイドルのほうが好きだった。

きれいに整頓された自分の机と、雑多なものに溢れた颯馬の机が脳裏をよぎる。

「それにな」

堀川が諭すように翔馬を見た。

「高森兄は、まだなんにもあきらめちゃいないぞ。お前が代役を務めるまでもない。今だって、懸命にリハビリに励んでいる」

深く項垂れた翔馬の肩に、再び堀川の手がかけられる。

「高森、病院に見舞いにいけ。兄が、お前の顔を見られなくて寂しがっているぞ」

リハビリに励む颯馬の様子が浮かび、視界がぼやけた。

「颯馬……」

久しぶりに兄の名を呼ぶと、こらえきれずに涙が溢れる。シーツを握りしめ、翔馬は声を殺して嗚咽《おえつ》した。


たくさんのライトがさがったアーチ型天井の下に、満々と水を湛えた巨大なプールが広がる。

長水路、五十メートル。

今年最後の大会、公認記録会の日がやってきた。

全国から優秀な水泳選手が招待される公認記録会は、国際競泳場規格を備えた都内有数の設備を誇る競泳場で行われる。

正面には電光掲示板と大型ビジョンが備えつけられ、プールの両側には階段状の観客席がそびえるように並んでいた。

電光掲示板に、種目が点灯する。

千五百メートル、フリー。

ベンチに座っていた翔馬は、バスタオルを肩から外して立ち上がった。

「じゃ、いってくる」

声をかけた先には、片手用の杖をついた颯馬がいた。

「おう」

ジャージ姿の颯馬が突き出した拳に、翔馬は自分の拳を合わせる。その曇りのない笑みに、翔馬は近い将来の颯馬の復帰を感じ取る。

子供の頃からずっと誇りに思ってきた兄の滲み出るような輝きは、少しも失われていない。

「しかし、千五百なんてよくやるよ。俺はかったるくって、とてもやってらんねえ」

颯馬がからかうように肩を竦めた。

「颯馬、僕、張り切ってるんだよ」

翔馬も負けずに肩を竦める。

「とっととといけよ、つきあってらんねえ」

颯馬の拳が、翔馬の肩を押した。

二人のやりとりに、顧問の堀川が「やれやれ」と首を振っている。その堀川に会釈し、翔馬はゴーグルを装着した。

きっと。

来年の春、自分たちは一緒にオーストラリアへいける。必ず。

〝万一、本調子に戻れなくたって、メルボルンの学校には水泳トレーナーの養成コースだってあるんだ。どの道、俺は絶対、あきらめない〟

昨夜、颯馬はそう言って笑った。

兄は強い。

だから、その片割れである自分だって、強くならなければいけない。

あれから色々と調べた。

天然自然のクローンである双子がまったく同一でないように、彼岸花の花言葉も一つではない。

真っ赤な彼岸花の花言葉は「情熱」。それから——。

生まれて初めて、翔馬は一人きりで試合に臨む。

颯馬になりきろうとしていたのは、贖罪《しょくざい》だけではなく、実は兄への依存でもあったのだ。

その己の弱さを認めた上で、先に進む。

彼岸花のもう一つの花言葉。

それは、「独立」。

全国から集まった強豪選手が待つ巨大プールに向かい、翔馬は真っ直ぐに足を進めた。

第五話

ツリフネソウの姉弟

東京から神奈川へ向かう国道十六号線は、いつ走っても混んでいる。

潮見《しおみ》隼人《はやと》は前の車のテールランプを睨み、眉間に微かな皺を寄せた。昨年、取引先とゴルフにいったときも、首都高を降りて十六号線に入った途端に酷い目に遭った。

もっとも今日は休日にしては、幾分《いくぶん》、ましなのかもしれない。正月休み中の先週なら、渋滞はこんなものでは済まなかっただろう。駐車待ちの車が大行列を成している大型量販店前をようやく通り過ぎ、隼人はＢＭＷのステアリングを切った。

鎌倉街道に入ると、やっと道路が順調に流れ出す。同時に風景が一気に鄙《ひな》びた。大型量販店の代わりに、道路わきにぽつぽつと田園が現れる。フロントガラスの向こうには、丹沢山地の青い山並みが迫って見えた。東京と神奈川の境の光景は、子供の頃からあまり変化がない気がする。

母と姉が昔から住んでいるこの町にやってくるのは、随分と久しぶりだった。

ある時期を境に、隼人は母と姉にとって「お客さん」になったからだ。

大きな神社の角を回りながら、晴れ着姿の娘たちに眼をとめる。

そう言えば、今日って「成人の日」とかだっけ――。

イベントやらゴルフやらで、休日出勤の多い広告代理店に勤める隼人は元々祝日に疎い。連休効果を狙い、祝日を月曜日に寄せるようになってから、毎年変わる祭日を益々意識することができなくなった。

神社の鳥居の前に、厄年を記した大きな看板が出ている。

今年で四十二歳になる隼人は、男の本厄に当たるらしい。

厄年ねえ……。

隼人はいささか懐疑的な眼差しで、看板を見つめた。

恐らく厄年とは、年齢による体調変化の暗喩《メタファー》のようなものだろう。

確かに同世代の男たちは、四十に入るなり急にぶくぶくと太り始めている。節制なしにアルコールや脂物《あぶらもの》をとり続けていれば、年齢を重ねるごとに代謝がついていかなくなるのは当たり前だ。中年以降の肥満と不摂生《ふせっせい》は、万病のもとに違いない。

隼人の毎日も不規則で外食が多いが、その分体調管理には気をつけている。出勤前の早朝ジョギングを続けているおかげか、今のところ体重も体形も大学時代から変わっていない。

横断歩道を渡ろうとしている振り袖姿の娘たちを優先してから、隼人はアクセルをゆっくりと踏み込んだ。年末に買い替えたばかりのＢＭＷセダンの滑らかな加速は、ドイツ車独特の安定感を伴っていて心地が良い。

ふとバックミラーに眼をやると、晴れ着の上にふわふわとした襟巻《えりまり》を纏った数人の娘たちが銀色のセダンをじっと見送っていた。

この手の視線がなにを物語るのか、隼人は直感的に知っていた。

乱暴に言えば、それは値踏《ねぶ》みだ。

無意識なのかもしれないが、女はいつだってなにかを値踏みしている。小さな子供の中にだって、その片鱗《へんりん》はある。

隼人の脳裏に、一人娘の七海《ななみ》の幼い頃の姿が浮かんだ。

〝ねえ、パパ。七海が欲しいもの、ちゃんと分かってる？〟

誕生日やクリスマスが近づくと、七海は子供とは思えない眼差しで父親の自分を見た。

女に試されるのなんて、慣れっこだ。

隼人は口の端に苦笑めいたものを浮かべる。いつだって最適解《さいてきかい》を導き出して、自分は彼女たちに奉仕してきた。

一人娘の希望くらい、見抜けないわけがない。

隼人が差し出す豪華なプレゼントを、七海はいつも満面の笑みで受け取ってきた。

妻の千鶴子《ちづこ》からは甘やかしすぎだと度々注意を受けたが、七海は我儘《わがまま》放題だった幼い頃に比べると想像がつかないほど聞き分けのよい聡明な娘に育った。

現在、七海は十五歳。都内のお嬢様学校として知られる、中高一貫の私立に通っている。

成人を二十歳から十八歳に引き下げるという動きがあるが、娘が成人するまで、少なく見積もっても後三年――。

「長いな」

思わず口をついて出た言葉に、隼人自身がハッとした。

なにを今更と、小さく首を横に振る。

女の要望に応えるのは、子供の頃から得意だったはずだ。これからだって、さしあたっては妻や娘が求めるようにやっていく。妻の千鶴子はともかく、七海にはまだまだ父親が必要だ。

そのまま田園が残る郊外の町並みを十五分ほど走っていくと、すっかり葉を落とした銀杏並木の向こうに大きな総合病院が見えてきた。

広い駐車場に入り、隼人は奥のスペースにＢＭＷのセダンを停めた。

見舞いの品が入った紙袋とコートを手に車から降りたとき、ポケットの中のスマートフォンが点滅していることに気づいた。メッセージアプリに、大量のメッセージが着信している。

送信者のアイコンを見た瞬間、短い溜め息が漏れた。

昨年末、担当したイベントの打ち上げの流れで関係を持った年下の女性、紗都子《さとこ》からだった。

年下と言っても、三十を過ぎているはずだ。休みの日に既婚者のスマートフォンに大量のメッセージを送って寄こすなんて、一体なにを考えているのだろう。そこまで分別がないほど、若いわけでもないだろうに。

隼人はうんざりとして液晶画面を眺める。

既読通知がついてしまったことに、舌打ちをしたい気分だった。

一夜の関係を持ったのだって、彼女の要望に応じたまでのことだ。それ以上に話が及ぶなら、責任を負いかねる。

どの道、病院ではスマートフォンは使えない。隼人はスマートフォンの電源を切り、病院の入り口に向かって歩き始めた。

中庭へ入っていくと、なぜか姉の苑子《そのこ》が花壇《かだん》の前に立っていた。

「遅いよ」

隼人の姿を見るなり、苛立たしそうに腕を組む。

「寒いんだから、待たせないでよ」

「いや、渋滞してたから……」

「祝日の道路なんて、混んでるに決まってるじゃん。電車でくればいいのに」

四歳年上の姉は、また一段と老《ふ》けたようだ。髪には白いものが混じり、型の古いダウンジャケットで着ぶくれている。隼人の部署には姉よりもずっと年嵩《としかさ》のスタッフもいるが、いつまでも枯れないバブル臭を引きずる彼女たちに比べ、パートで働く姉は己に関するなにもかもをすっかりあきらめているように見えた。

「何回メッセージ送っても、連絡一つ寄こさないし」

スマートフォンに着信していた大量のメッセージの中には、どうやら苑子からのものもあったらしい。どちらにせよ、運転中の隼人には確認のしようがないことだ。

そもそも、こんなところで待ち構えているなんて思ってもみなかった。

「隼人は病室の場所が分からないから迎えにいってあげてって、お母さんが騒いじゃって大変だったんだよ」

隼人の顔色を読み、苑子が肩を竦める。

「お母さんは昔から、あんたがくるとなると大変だから」

それは、自分が「お客さん」だからだ。

隼人は微かに眼を眇《すが》めたが、言い返す気分にはなれなかった。

「ごめん、悪かったよ」

代わりに、あっさりと頭を下げる。

苑子はそんな隼人をじっと見つめてから、くるりと踵を返した。

「とにかくきてよ。お母さんが待ってるから」

姉に伴われ、隼人は病院の玄関をくぐる。

院内に入ると、病院独特の消毒液の匂いが鼻を衝いた。苑子の後について、リノリウム張りの廊下を延々歩く。いくつも角を曲がり、病棟のエレベーターに乗った。所々に案内板はあるものの、広大な病院の内部は随分と入り組んでいる。

姉の案内がなければ、少々てこずっていたかもしれない。

「で、お母さんの具合はどうなの」

エレベーターが最上階の六階にたどり着く間に、隼人は尋ねてみた。

「骨折のほうはそうでもないんだけど、持病もあるからね」

階数表示の点灯を見つめたまま、苑子が答える。

正月早々、母の澄子《すみこ》が転倒して骨折した。骨粗鬆症《こつそそうしょう》を患っている母は、元々骨がもろくなっていて、小さな衝撃でもすぐに骨折してしまう。

「お母さんも、もういい歳だからね」

そう呟くと、苑子は唇を結んだ。それから先は、どちらも口をきかなかった。

澄子の病室は六階の病棟の一番奥にあった。五人部屋と聞いていたが、パーティションで仕切られた白い室内のベッドには、母しか横たわっていなかった。

「隼人……！」

隼人の顔を見るなり、澄子が顔を輝かせて身を起こす。

「遅いから心配したよ。ここ、分かりづらいでしょう。迷わなかった？」

「いや、迎えにきてもらったし」

久しぶりに会う母が、一層小さく萎《しな》びたように痩せ細っていることに、隼人は内心動揺した。

広告業界で脂《あぶら》ぎった連中ばかり相手にしていると、郊外の小さな町で細々と生きている姉や母のような存在を忘れそうになってしまう。

これが〝普通〟の高齢者なのかな――。

骨ばった手で自分を招こうとする母の濁った眼を、隼人はぼんやりと見返した。

「あ、これ、お土産」

我に返り、おもむろに紙袋を差し出す。都内で評判のパティシエの店のレアチーズケーキだ。箱をあけると、ブルーベリーをたっぷりと載せた真っ白な美しいケーキが現れる。

「まあ、美味しそう！」

途端に澄子が顔をほころばせた。

やっぱり――。

隼人は内心、自分の選択に満足する。母は昔から、和菓子よりも洋菓子のほうが好きだったはずだ。

「早速皆で食べましょうよ」

嬉しそうにケーキの箱を覗き込んでいる母の姿に、なぜか幼い頃の七海が重なった気がした。

「苑子、お茶を淹れてちょうだい」

澄子が苑子に向かい、隼人相手にはしゃいでいたときとは別人のような横柄な声を出す。苑子は黙って備えつけのポットに手をかけた。

「ちょっと」

苑子が半分に切ったチーズケーキを載せた皿を差し出すと、澄子はさっと表情を曇らせた。

「どうしてこんなけち臭いまねするのよ」

「別にけち臭いまねじゃないよ。だって、お母さん……」

「せっかく隼人が買ってきてくれたんだよ」

苑子の言葉を遮り、澄子が声を荒らげる。

「たまにだから、いいじゃないか」

言い争いが始まらないよう、隼人は二人の間に割って入った。

「そうだよ。隼人がきてくれるのなんて、本当にたまのことなんだからね」

鬼の首を取ったように、澄子が調子を合わせる。苑子は重い溜め息をついて、残りの半分を皿に盛った。澄子がケーキを頬張りながら隼人に話しかけている間、苑子は始終無言で不機嫌そうな顔をしていた。

澄子は矢継《やつ》ぎ早《ばや》に隼人に話しかけてきたが、ケーキを食べ終わる頃にはすっかり話題が尽きてしまった。澄子が繰り出す質問に対して隼人は長く話すことができなかったし、隼人が長く続けられる話題に対しては、澄子がたいして関心を示さなかったからだ。

要望に応えるにしても、限界はある。

「お母さん、そろそろ少し休んだら」

見かねた姉の一言で、隼人は母から解放された。

名残《なごりお》惜しそうにしている澄子に、「またくるよ」と声をかけて、隼人は苑子と一緒に病室を出た。

「ねえ、隼人」

談話室に入るなり、苑子が低く問いかけてくる。

「あんた、お母さんが重い糖尿病なの、ちゃんと分かってるんだよね」

責めるような視線から眼をそらし、隼人は軽く首肯《しゅこう》した。

「でも、たまにはいいだろ。第一、あんなに痩せてるじゃないか。少しくらい食ったって……」

「なにも知らないくせに、人が虐待してるようなこと言わないで」

「そんなこと、誰も言ってないよ」

隼人は窓の外に顔を向けた。

どう言葉を選んでもネガティブにとらえる姉の性格は、子供の頃から変わっていない。幼いなりに姉を慰《なぐさ》めるつもりで声をかけ、却って激しく怒鳴り散らされた遠い日々を、隼人はうっすらと思い出す。

隼人が十歳、苑子が十四歳のときに、両親が離婚した。父に母以外の女性ができたのが原因だった。新しい女性と再婚しようとしていた父を受け入れられず、姉は母と一緒に家を出てこの町に移り住み、隼人は父の元に残った。

以来、苑子は結婚してからも母が暮らすこの町に住み続け、隼人は二人にとって「お客さん」になった。

「お父さんは元気にしてるの」

今では父とはまったく交渉のない姉が、上目遣《うわめづか》いにこちらを見る。

「元気だよ。俺も正月くらいしか顔を合わせないけど」

三歳年下なこともあるが、持病のある母に比べ、父は実年齢より若々しい。

「へぇ……。相変わらず、あの女とうまくやってるんだ、あの親父」

〝あの女〟〝あの親父〟——。

苑子の尖った声に、隼人の心が醒めていく。

一体、自分たちがいくつになったと思っているのだろう。それぞれに家庭を持ち、子供までいる中年が、思春期同様に父と再婚相手を罵《ののし》ってなんになるだろう。

隼人にはそこまでの執着はない。むしろ、父の老後を見てくれる相手がいてよかったと単純に考えている。

そもそも親であろうと、子であろうと、兄弟であろうと、個別の脳細胞でものを考えている我々は、絶対に分かり合うことなどできない。それは、血のつながりとは関係のないことだ。

眼に映るものをどうとらえているかだって、脳の個体によってまったく違う。隼人の眼に映る赤い林檎《りんご》が、他人の眼に本当に同じ色に映っているかどうかを確かめる手立てはどこにもない。

だったら、初めから期待なんてしなければいい。分かり合えると思うこと自体が、ただの甘えであり妄想だ。要望に対する最適解を導き出して、ぶつかり合わずに、スムーズにつき合う方法を求めるほうが、遥かに合理的ではないか。

幼い頃から、隼人は苑子のことを、「お姉ちゃん」と呼べなかった。

四歳も年上なくせに、父と母の言動に一喜一憂し、泣いたりわめいたりしていた苑子のことを、「姉」と敬《うやま》うことができなかったからだ。

誰も私の気持ちを分かってくれない——。

苑子はよくそう言って荒れていたが、そんなことは隼人からすれば当たり前のことだった。〝要望〟なら推測がつくけれど、〝気持ち〟なんて分からない。

分かるはずがない。

家族なんて、血がつながっているだけの他人《ほかのひと》だ。

「七海が、太一《たいち》君によろしくって言ってたよ」

話題を変えたくて、隼人は笑みを浮かべてみせる。

結婚が遅かった苑子の息子は七海と同学年で、高校受験を控えた今が一番大変な時期らしい。

「出来のいい七海ちゃんと違って、うちのは凡才だからね。そもそもうちには中学から私立に通わせるような財力もないし。公立に受かってくれないと、万事休すよ」

苑子が皮肉な眼差しを寄こした。

「お宅の奥さんからは、〝公立は怖いから〟なんて言われたけどね。あんたの奥さんにしてみれば、うちの子みたいのと七海ちゃんを一緒に学ばせることが、よっぽど〝怖い〟んだろうね」

姉と千鶴子が同席したことなど数えるほどしかないのに、相変わらず、自分にとってネガティブに響く言葉はよく覚えている。

「そんなつもりじゃないだろう。七海はほら、女の子だからさ……」

半ばあきれながら、隼人は言葉を濁した。

僻《ひが》みっぽい苑子は基本的に隼人の家族を快く思っていないようだが、同学年の七海と太一はなぜか馬が合った。早生まれの太一は体が小さかったこともあり、ませていた七海はお姉さんぶって、幼い頃からなにかと世話を焼いていた。今も時折、連絡を取り合っている様子だ。

「どうだか。あんたの奥さんと一緒にいると、いっつもステータスを見せつけられてるような気分になる。あんたみたいな男を選んだ理由も、多分それでしょうよ」

つき合いきれなくて、隼人は口を噤《つぐ》む。

母について家を出てから、姉は成人するまで随分と苦労をしたらしい。「自分をバカにしている男からの金は要らない」と、母が一方的に慰謝料や養育費を受け取らなかったからだ。

姉の偏屈《へんくつ》さは、意固地な母譲りなのかもしれない。

「あんたは昔から、要領だけはよかったからね」

姉の皮肉を、隼人は無言でやり過ごした。


苑子と別れてから、隼人は再びＢＭＷのステアリングを握った。帰りの道路はそれほど混んでいなかったが、運転を楽しむ気分にはなれなかった。

会うたびに眼に見えて衰えていく母の様子と、姉の子供じみた当てこすりが澱《おり》のように胸の奥に溜まっている。

ふと思いついて、隼人は寄り道をすることにした。

国道とは思えない細い道を入っていくと、その先に、昔、母と姉が一緒に住んでいた団地を見渡せる公園がある。高台にある公園からの眺めが好きで、この町を訪ねるたび、隼人はいつも一人で階段を上った。

その習慣は大人になってからも続き、正月の挨拶の帰りがてら、幼い七海を連れてきたこともあったはずだ。

小さな駐車場に車を停め、隼人は代わり映えのしない急な階段を一歩一歩上っていった。高台の頂上に着くと、変わらぬ風景が眼下に広がる。

昔、母と姉が身を寄せ合って暮らしていた団地は、ここから見るとブロックの塊のようだ。整然と並んだブロックの向こうに小高い丘が峙《そばだ》ち、その中腹に点々と鉄塔が立っていた。

隼人はポケットから煙草を取り出し、火をつける。

吹きつける風が冷たい。

眺めはよいが、壊れかけたシーソーが一つ置いてあるだけの公園は、いつきても人気《ひとけ》がなかった。片側が崖《がけ》になっていて、小さな子供には危ない場所のせいもあるのかもしれない。申しわけ程度に柵が作られているが、それも所々が朽《く》ちていた。

早くも日が暮れ始め、鉄塔が黒く滲んで見える。

一定の距離を置いてぽつぽつと佇む鉄塔は、項垂れて立ち竦む巨人のようだ。

寂しい光景。

けれど、なぜか隼人は子供の頃からこの景色が好きだった。

決して寄り添うことのない孤独な巨人の姿を見ると、波立つ心が不思議と凪《な》いだ。

「お客さん」になった自分を母はいつも大歓迎してくれたが、姉と二人で生活するのが精一杯だったようで、一緒に暮らそうと言われたことは一度もない。

あまり仲の良い親子でなかった母と姉は、散々小競《こぜ》り合《あ》いを繰り返しながらも同じ町に住み続け、隼人はこれまで通り、育った家で子供時代を過ごした。もっとも、再婚相手がなにもかもを模様替えしてしまった部屋のどこにも、自分の居場所があるとは思えなかった。

高校を卒業すると同時に、隼人は早々に父の家を出た。

それでも自分は、うまくやってきたほうだと思う。父とも再婚相手とも、表立って揉めた覚えはない。

父から充分な仕送りを受けて大学に通い、四年後には第一志望だった大手広告代理店に順調に新卒入社した。入社時の一九九九年は超氷河期と称され、多くの新卒者が大打撃を受けたが、隼人にとっての世紀末は、恐怖の大王が現れるわけでも、世界が滅びるわけでもなく、ただ淡々と過ぎていった。

入社五年目、ようやく仕事が面白くなってきた矢先に、アシスト業務を担当していた千鶴子が妊娠した。避妊には充分注意しているつもりだったので、まったく想定外の出来事だった。だが、授かった命は産みたいという千鶴子の主張は至極《しごく》真《ま》っ当《とう》に思われた。

正直、当時つき合っていた女性は千鶴子だけではなかったけれど、隼人は責任を取ることにした。

ほとんどの人間がいずれは結婚するのだから、それでよいと考えた。

派遣社員だった千鶴子も、大喜びで寿退社を選んだ。千鶴子の要望に応え、盛大な結婚式をあげて自分たちは夫婦になり、それから半年も経たずに七海が生まれた。

成り行きと言えばその通りかもしれないが、突き詰めれば、多かれ少なかれ誰だって似たようなものだろう。

所詮、家族の成り立ちなんて、その程度に違いない。

冷たい北風に吹かれながら、隼人は夕闇に紛《まぎ》れていく鉄塔を眺める。

〝あんたは昔から、要領だけはよかったからね〟

ふいに、先刻の姉の皮肉な言葉が脳裏をかすめた。

違う。

深く紫煙《しえん》を吐き、隼人は首を横に振る。

自分はただ、他の人よりほんの少し明晰《めいせき》なだけだ。


隼人が家に帰ると、リビングで千鶴子がノートパソコンに向かっていた。隼人が帰宅したことにも気づかない様子で、夢中になってなにかを見ている。

七海は生徒会の活動で朝早くから外出し、まだ帰っていないようだった。

「ただいま」

背後から声をかけた瞬間、千鶴子はびくりと肩を弾ませた。なにをそんなに熱心に見ているのかとブラウザに視線を走らせれば、ツイッターのタイムラインが流れていた。

「ごめんなさい、帰ってたんだ」

ぱたりとノートパソコンを閉じ、千鶴子がきまり悪げな笑みを浮かべる。

「なにか、食べる？　七海は今夜は遅くなるみたいだから、まだなにも作ってないんだけど」

「いや、いいよ。軽く食べてきたから」

「じゃあ、お茶でも淹れるね」

そそくさとキッチンに向かう後ろ姿を眺めながら、自分に知られたくないことでも調べていたのだろうかと考える。そもそも千鶴子がツイッターをやっていたことすら、隼人は知らなかった。

別に構いはしないけれど――。

隼人自身は、ツイッターやフェイスブック等、足がつきそうなものには初めから手を出さない。SNSというのは、気をつけていても隠しておきたい本音や私生活が滲み出るものだ。仕事上の宣伝アカウント以外に、個人のアカウントを持ちたがる人の気持ちが、隼人には量りかねた。

元々人とのつながりを信じていない隼人にとって、SNS上のつながりなど、一向に意味を持たない。

「お義母《かあ》さんの具合はどうだったの？」

「とりあえずは元気そうだったけれど、もう歳だからね」

千鶴子が淹れてきてくれたお茶を飲みながら、隼人はあたりさわりのない報告をした。無論、姉が口にした諸々の皮肉については伏せておく。

「ねえ、ちょっと見てほしいものがあるんだけど……」

適当なところで会話を切り上げ、書斎代わりの自室に引っ込もうとした隼人に、千鶴子が声をかけてきた。

「なに？」

振り向くと、先程閉じたノートパソコンを再び起動させている。自分に見せたくなかったのではないかと、隼人は少し意外に思った。

だが千鶴子は覚悟を決めたように、先刻夢中になって眺めていたツイッターのタイムラインを呼び出した。

「これを見て」

まさか……。

浮気相手の誰かが、自分とのことをツイートに上げたりしたのだろうか。

隼人は一瞬ひやりとしたが、千鶴子が突き出してきたブラウザに流れているのは、〝花言葉診断〟というハッシュタグのついたタイムラインだった。

名前を打ち込むと結果が出るこうした診断は、ツイッターではお馴染《なじ》みのおみくじ的なウェブサービスだ。診断を作るのは運営側ではなく、ツイッターユーザーの一般アカウントが多い。

〝すごく当たってます〟

〝まさに今欲しいお言葉を頂けました！〟

タイムラインには、好意的な評価が並んでいる。人気のある診断は、口コミやハッシュタグを通して、どんどん拡散されていく。

「これがどうかしたのか」

今尚《いまなお》次々に増えていくハッシュタグを眺めながら、隼人は首を傾《かし》げた。診断の利用者は数万を超え、表示される花言葉もそれなりに興味深いが、所詮はネット上のお遊びの域を出ていない。

「この診断の作成者、多分、七海だと思うのよ」

隼人はタイムラインをスクロールしていた指をとめた。

「なんでそんなことが分かるんだ」

真顔になった隼人に、千鶴子は「診断の作成者」と表示された匿名アカウントのアイコンを指し示す。

「このアイコン、七海のだもの」

繊細なピンク色の花弁のアイコンだ。

「こんな画像、どこにだってあるだろう」

半信半疑の隼人に、千鶴子はさらりと恐ろしいことを口にする。

「だって私、七海のアカウントを探し出して、毎日見てるんだもの。間違いないはずよ」

隼人はゾッとした。

最初の浮気がばれたのも、千鶴子に勝手に携帯を見られたのが発端《ほったん》だった。

相変わらずこの女はそうやって、家族の動向を陰でこっそり探っているのか。

「そんな顔しないでよ」

千鶴子に苦笑され、隼人は我に返る。

「子供のアカウントの特定なんて、ママ友の間じゃ常識だから。今、学校でもSNS問題が一番取り沙汰されてるんだし。娘を護《まも》るためには当然のことよ」

千鶴子の態度に、悪びれたものは微塵もない。むしろ、それを母親の務めだと考えている節があった。隼人は内心、瞑目《めいもく》する。

やはり、SNSなどに迂闊《うかつ》に手を出すべきではない。

「安心して。あなたのアカウントなんて、たとえあったとしても、今更探す気もないから」

隼人の表情を読んだのか、千鶴子の笑みに暗いものが混じった。

「千鶴子、あのさ……」

「相談したいのは、そんなことじゃないから」

思わず言い訳しかけた隼人を、千鶴子が強く遮る。

夫婦の間に沈下している澱を浮上させることは、千鶴子もまた望んではいないようだった。

隼人が未だに何人もの女性と関係を続けていることを、千鶴子は薄々勘づいている。それでも、悠々自適《ゆうゆうじてき》の専業主婦という、昨今では希少となった立場から降りるつもりはないのだろう。

〝あんたみたいな男を選んだ理由も、多分それでしょうよ〟

姉の嫌みがどこかで木霊《こだま》する。

でも、誰だってそんなものだ。

隼人は、千鶴子の打算を否定する気にはなれなかった。

だって、そうじゃないか。

皆、己の欲望や執着を、愛とか絆とかいう生温かい言葉でくるんでごまかしている。

実際には、誰もが自分に都合よく相手を解釈していて、ある意味、人間関係は互いの思い込みや錯覚の上に成り立っているにすぎないのに。

あの寂しい鉄塔と同じだ。

隼人の脳裏に、高台の公園から見た夕暮れどきの光景が広がる。

かろうじて電線でつながろうとしているが、寄り添うことはできない。

夫婦にとっての電線が、〝愛〟とか呼ばれる曖昧模糊《あいまいもこ》とした感情なら、親子にとっての電線は、もう少し信憑性のある〝血〟だろうか。

どちらにせよ、それはただ、互いの間の距離を知らしめるだけだ。

現在、千鶴子とは、ほとんど夫婦関係がない。七海を育てるための、文字通りのパートナーのようなものだ。

それだって、子供の前で散々に罵り合い、姉弟を引き裂いた両親に比べれば、自分たちは立派な親だと思う。

「あの子のアカウントに、業者がコンタクトしてきてるのよ」

千鶴子が、七海と思しきアカウントの返信欄を開いた。

思わず隼人もブラウザに見入る。

〝突然のご連絡をご容赦ください。花言葉診断からこちらのアカウントにたどり着きました……〟

隼人も名前を聞いたことのある、中堅生花チェーン店の公式アカウントからのリプライだった。花言葉診断の人気に眼をつけ、一緒になにかできないかと打診してきている。

〝お手数ですが、一旦こちらのアカウントをフォローして頂ければ幸いです〟

相互フォローに持ち込み、この後はDMでやり取りをしようという心積もりなのだろう。このリプライに対し、七海と思しきアカウントはまだ反応していない。

「恐らく、本人もびっくりしちゃってると思うの」

千鶴子が隼人の顔を見た。

「でも、別に悪い話ではないよね。勿論、七海にその気があればだけど、あなたなら、こういうの、うまくまとめられるんじゃないの？　多分、業者のほうも、七海を未成年だとは思ってないみたいだし」

ＳＮＳで人気のコンテンツが出版されたり、商品化されたりするケースは、最近では珍しくない。この場合、診断結果で出た花を、その場で生花店に注文できるシステムを構築することくらいなら、簡単にできるだろう。

「でも、このアカウントが本当に七海だと決まったわけではないだろう？」

隼人はまだ半信半疑だったが、千鶴子は妙に冷めた眼差しで首を横に振った。

「これは七海のアカウントよ。最近、あの子の部屋の本棚、花言葉関連の書籍と植物図鑑が嫌というほど積まれてるもの」

娘の部屋の本棚の監視もまた、母親の務めということなのだろうか。

「うまくまとめられれば、七海にとってもいい経験になるかもしれないじゃない。とにかく、帰ってきたらそれとなく聞き出してみるから、あの子にとって悪い話にならないように、あなたが間に入ってあげてよ」

半ば決めつけるように、千鶴子はそう告げてきた。

花言葉診断ねぇ……。

自室に引き上げ、隼人は上着のポケットに手を入れた。

病院に入ったときから切りっぱなしにしていたスマートフォンの電源を入れて、千鶴子に教えられたアカウントを検索する。ついでに、花言葉診断のハッシュタグをたどってみた。

七海はまた、なぜこんなことをしているのだろう。

高校受験の必要はないにしても、部活や生徒会の活動等、日々忙しそうにしているのに。

しかも暇潰しにしては、随分と凝った仕様のようだ。

どれ——。

好奇心に駆られ、隼人は自分の名前を入力してみた。

現れた診断にハッと眼を見張る。

ツリフネソウ——花言葉「私に触《さわ》らないでください」

〝莢《さや》一杯に種を溜め込むツリフネソウは、少し触《ふ》れられただけで爆《は》ぜてしまう……〟

解説を読むのもそこそこに、隼人は診断結果を閉じた。

「私に触らないでください」

それでもその花言葉が、眼の奥に焼きついている。

診断結果はランダムに表示されているだけだ。明日、入力すれば、また違う診断が出る。

分かり切ったことなのに、隼人はなぜかツリフネソウの花言葉に心をざわつかせた。

一呼吸つき、メッセージアプリを開く。

〝明日の晩、会えないかな？〟

気づいたときには、病院の駐車場であれほどうっとうしく思った紗都子に、誘いのメッセージを送っていた。

すぐに既読がつき、返信がくる。

〝明日の晩はちょっと無理。週末だったら……〟

隼人は露骨《ろこつ》に舌打ちした。

「使えねえ」

吐き捨てるなり、隼人は別のアドレスに向けてメッセージを打ち始めた。

夜の皇居は黒い森だ。

二月に入り暦《こよみ》の上では春を迎えたが、外は冷たい雨が降っている。

ホテルのスイートルームのソファにもたれ、隼人は暗い森の向こうに居並ぶ高層ビル群を眺めていた。深夜零時を過ぎているのに、いくつかのフロアーはまだ煌々《こうこう》と明かりがついている。

働き方改革なんて、所詮は絵空事だよな——。

テーブルの上の灰皿を引き寄せ、隼人は煙草に火をつけた。最近では全室禁煙のホテルが増え、喫煙のできる部屋を探すのも一苦労だ。特に外資系ホテルは喫煙者に厳しい。

浴室からは、シャワーを浴びる音が響いてくる。

今夜の相手は、紗都子の後輩だ。以前、紗都子との都合が合わなかった晩に声をかけたところ、この後輩女性はあっさりと誘いに乗ってきた。以来、時折こうして逢引きを楽しむ仲になっている。

やがて女性が浴室から出てきたので、隼人は念のためリモコンでカーテンを閉めた。

「あ、煙草吸ってるし」

一回り以上年下の女性は、濡れた髪をタオルでふきながら隼人を睨む。

「そう言えば、紗都子さんてダサいんですよ。なんか、私のこと警戒してるのか、潮見さんは一人娘を可愛がってるからとか、家が新築だからとか、〝離婚できない情報〟を次から次へと吹き込んでくるんです」

彼女は含み笑いしてドレッサーの前に座り、ドライヤーで長い髪を乾かし始めた。

「でも私、そういうの、全然気にしてませんから」

まだなにか喋り続けているようだが、ドライヤーのたてる音で聞き取れないし、そもそも聞く気もない。隼人はテレビをつけて、スポーツニュースの音量を上げた。

休日にまでメッセージを送ってくる紗都子のことは確かにうっとうしく思っているけれど、彼女が普段はその紗都子に「先輩、先輩」と纏わりついていることも、隼人は知っている。

二十代の弾むような肉体は一時であれば隼人の空虚を埋めてくれたが、それ以上でも以下でもなかった。

サッカーのハイライトを見るともなしに眺めていると、頭の片隅に追いやっていたはずの案件が暗雲のように湧いてくる。

退院後、母の澄子に認知症の症状が現れているらしい。

〝私が引き取るしかないと思う。夫も納得してくれてるし〟

電話口で、姉の苑子は淡々とそう告げた。

元々こうした事態を見込んで、近くのアパートに住んでいたのだそうだ。

しかし、義理の、しかも認知症を発症している母の引き取りを認めるとは、姉は良き配偶者に恵まれたと言えるだろう。

もしそれが自分の妻の千鶴子だったら、そうやすやすと納得してくれるとは思えない。

家族の介護に関しては、未だに圧倒的に女性の負担が大きいという面もあるのだろうけれど――。

加えて、母と娘の間には、男の自分にはよく分からない不思議な関係性があるようにも思われる。ひょっとすると、娘は母に自分の行く末を重ね、母は娘に若き日の自分がかなえられなかった理想を求めるのかもしれない。

父との共通項など求めたいとも思わない自分にとっては、どこまでも理解できない感情だ。

ふと隼人は、今朝がた千鶴子から散々念を押されたことを思い出した。

花言葉診断の作成者は、やはり娘の七海だったのだそうだ。

七海自身、業者から打診があったことに、おおいに戸惑っているらしい。

〝でも、やりようによっては、絶対いい経験になるはずよ。上手くすれば研究レポートも書けるでしょうし。あの子、経済学部を志望してるんだから、それこそぴったりじゃない。どの道、大学は受験しないといけないんだし、内申にプラスになるならやるべきよ〟

当の本人以上に千鶴子が躍起になって、隼人を焚きつけてきた。

数々のタイアップを手がけてきている自分なら、これくらいのことはすぐにまとめられる。

だが、最近隼人の仕事も立て込み、七海とも充分に話をする時間もとれぬまま、結局は月を跨いでしまった。

それに、この件に対し、隼人は今一乗り気になれない点がある。

心のどこかに引っかかっている屈託に、しかし、隼人自身が失笑した。

くだらない。

花言葉診断なんて、ただのお遊びなのに。

けれど偶発的に現れた診断の花言葉が、今尚隼人の胸を粟立たせる。

ツリフネソウの花言葉は、「私に触らないでください」――。

「ちょっと、潮見さん、聞いてます？」

突然、耳元で声をかけられ、隼人はぎくりとした。

いつの間にか、バスローブを羽織った紗都子の後輩が隣に座っていた。シャンプーの香りと共に、若い肉感的な熱気が迫ってくる。

「ねえ、もう一度……」

しなだれかかられそうになり、隼人は反射的に立ち上がった。

「悪い。俺、帰るわ」

若い女性の顔に、呆気にとられた表情が浮かぶ。

「支払いは済ませとくから、君はチェックアウトまでゆっくりしているといいよ」

小さな子供を相手にするように、隼人は女性の頭に手を置いた。

「俺、一人娘が可愛いし、家も新築でローンがあるから、帰らないとまずいんだよ」

頭を一撫でして、踵を返す。

「……ダッサ！」

背後で吐き捨てるような声が響いたが、隼人は振り返らなかった。

ロビーで支払いを済ませ、タクシーを回してもらう。ラウンジのバーでは、自分同様不倫カップルと思われる歳の離れた男女が、ワイングラスを手に顔を寄せて囁き合っていた。

表に出た瞬間、凍えるような寒さが頬を打つ。隼人はタクシーの後部座席に滑り込むと、行き先を告げて目蓋を閉じた。

もうあの娘とは遊べないだろうが、別段、胸は痛まなかった。

紗都子が彼女を牽制《けんせい》した理由とまったく同じではないが、隼人に離婚をするつもりはない。

特に七海が成人するまでは、父親の役目を全うすべきだと考えている。以前、浮気がばれて千鶴子と散々揉めたときも、最終的にはそう確認し合った。

俺は、女に本気になって、家庭を壊した親父とは違うんだ――。

それなのに、妻以外の女性を求めてしまう自分をとめるつもりもない。

己の矛盾に突き当たるたび、隼人はいつも投げやりに思う。

だって、そんなものだろうよ。

自分は〝愛〟の暗示にかからない分、少しばかり正直なだけだ。

反面、家庭を守るためなら、千鶴子に他の男がいても眼をつぶるつもりでいる。それが、できてしまった子供への、親の責任の取り方というものだろう。

ならば、子の親への責任の取り方は――？

認知症の症状が出ているという母のことが再び脳裏に浮かび、隼人は口元を引き締めた。

この先病気が進行していけば、母は姉のことも自分のことも分からなくなってしまうのだろうか。金銭的な援助は無論請け負うとしても、今以上に年老い、朦朧としていく母と向き合う勇気が、隼人には持てそうにない。

「私に触らないでください」

なぜかツリフネソウの花言葉が脳裏に浮かび、隼人は振り払うように首を振った。

週末、隼人は助手席に娘の七海を乗せて、約一ケ月ぶりに東京と神奈川の境の町へ向かってセダンを走らせていた。

浮気相手をホテルのスイートルームに残して深夜に帰宅した翌朝、認知症を発症している母の様子をどこかで見にいかなければならないだろうと千鶴子に話していたところ、それなら自分もいきたいと七海が言い出したのだ。

受験直前の山掛けを一緒にやってほしいと、以前から、従弟《いとこ》の太一に頼まれていたらしい。

「ラインでやるより直接会って話したほうが早いから、パパがいくなら、ついでに連れてってよ。おばあちゃんのお見舞いもできるし」

朝食を食べながら、七海は快活にそう言った。

七海の申し出は、隼人にとっても悪いものではなかった。率直に言えば、母の様子を見るのも、姉から状況を聞かされるのも、気が重い。だが七海が一緒なら、苑子もいつものように延々と嫌みを言うことはできないだろう。

道中、日頃すれ違いの多い七海とゆっくり話すことだってできる。千鶴子もそう考えたのか、別段、七海の同行に異議を唱えようとはしなかった。

今、七海は隼人の隣でスマートフォンをいじっている。きっと、太一とラインのやり取りをしているのだろう。

少し俯《うつむ》いた白い横顔に、ストレートの長い黒髪がこぼれている。我が娘ながら、七海はなかなかの美少女だ。成績も優秀で、生徒会では役員を務め、担任の話によればクラスでの人望も厚いらしい。

その上、出来の悪い従弟の面倒まで見るというのだから、七海は自慢の娘に値する。

休日の十六号線は相変わらず渋滞していたが、隣に七海がいるせいか、隼人は先月のような苛立ちは覚えなかった。

「太一の奴、中三にもなって、相変わらず七海に甘えてるんだな」

声をかけると、七海が顔を上げた。

「なんか太一君、今、大変みたいなの。おばあちゃんの具合、あまりよくないんでしょう?」

「ああ……」

隼人は前を見たままで応じる。

七海ははっきりと言葉にしなかったが、一人息子の初めての受験直前にいきなり病気の母を迎えることになった姉の家は、かなり混乱しているようだ。

「だったら、山掛けくらい、一緒にやってあげようかなって思って」

「七海は優しいな」

「そんなことないよ。それに、私、そういうの、結構得意だから」

七海が意味ありげに微笑む。

幼い頃から七海は、少し勘の鋭いところがあった。頭の良さだとばかり思っていたが、ひょっとすると、それだけではないのかもしれない。

信号でとまった際、隼人は七海の横顔をまじまじと眺めてみる。そのとき、七海のスマートフォンの画面にツイッターのタイムラインが見えた。

「そう言えば、ツイッターで流行ってる花言葉診断の作成者、七海だったんだってな」

いい機会だと思い、隼人は切り出してみる。

「ママから聞いたの？」

画面をタップしていた指先を、七海がぴたりととめた。

「そうだよ。ママ、すごく驚いてたぞ」

「そう」

七海はふいと横を向く。その頬に、珍しく暗い影が差した気がした。

「でも、ママもよくやるよな。アカウントの特定なんて、正直、アウトだろう」

隼人は気を回したつもりだったが、七海はなんでもないように首を横に振る。

「そうでもない。そんなの、友達同士でもやってるから」

「そうなのか」

「そうだよ」

娘の物分かりのよさに、隼人はいささか拍子抜けした。そんな隼人をちらりと見て、七海が少し低い声でつけ加える。

「だから、皆、鍵つきの裏アカ持つんだもの」

鍵つきの裏アカ――。承認者にしかツイートが表示されない、非公開アカウントのことだ。

それでは、七海も裏アカを持っているのだろうか。

隼人は尋ねてみたくなったが、七海からすれば、その詮索《せんさく》のほうがよっぽど「アウト」なのかもしれない。

「なかなかよくできた診断じゃないか」

代わりに、隼人は千鶴子に課せられた本題に入ることにした。

「パパもハッシュタグ見てみたけど、利用者の数も相当なものだしな。たいしたもんだよ」

「本当？」

隼人の称賛に、七海がいつもの明るい表情を見せる。

「本当だとも。コンテンツを作り出せる人間は強いぞ」

それは、隼人の本音だった。

長年代理店で仕事をしていると、本当にそう思うのだ。一見、どんなに遊び半分なものであっても、自分でなにかを生み出せる人間は強い。

単に金銭を回しているだけの、自分たちのようなスノッブな連中とは違う。

ゼロからなにかを作り出すことができれば、組織に頼らず、一人で生きていける。

それこそが真の力だ。

この世で本当に信じられるのは、己の才覚だけなのだから。

「でもあれ、色々な本で調べたことを、適当にまとめただけだけど」

「それを編纂《へんさん》って言うんだよ。編纂だって立派なコンテンツだ。七海がいなければ、本の資料は診断にもならなかったし、あんなに大勢の人たちに利用されることだってなかったわけだろう？」

「それは、そうだけど……」

いささか所在無げな七海の背中を押すように、隼人は頷いてみせた。

「コンテンツを生み出せるようになれば、どこへいっても生きていけるぞ」

「そうなれば、パパも安心？」

「そうだな。七海には、自立した人間になってもらいたいからな」

千鶴子のように、陰でこそこそと人の詮索ばかりしている、つまらない女じゃなくて——。

「なあ七海、生花店からオファーのリプライが入っていただろう。あれ、パパが間に入ってまとめてやろうか」

「いいの？」

七海の声が思いのほか興奮したように響いたので、隼人は我知らず嬉しくなった。

「ああ、もちろんだよ。パパはタイアップのプロだぞ」

この件に関しては、千鶴子ばかりが乗り気だったはずなのに、いつの間にか隼人の中の拘泥《こうでい》も消えていく。

でもそれは、千鶴子のように、七海の内申を気にしてのことではない。七海にもっと広い世界を見てほしいと感じたからだ。

大手広告代理店に新卒入社し、上司や顧客の受けもよく、仕事を卒なくこなす自分が、陰で女たちから〝優良物件〟と呼ばれていたことを隼人は知っていた。

七海には、打算尽くで自分に近づいてくる女たちのようにはなってほしくない。絶対に、自分のような男と結婚してほしくない。

〝ステータス〟なんかとは無関係の場所で、自由に羽ばたいていってほしい。

「七海、ママみたいにはなるなよ」

なんの気なしに口に出して告げていた。

七海はハッと眼を見張り、それから黙って静かに微笑んだ。


姉のアパートに到着したとき、隼人は心底、七海に同行してもらってよかったと感じた。

もし自分一人だったら、十分といられずに、逃げ帰ってしまったかもしれない。

休日も営業があるという、町の小さな不動産会社に勤める義兄はいなかった。それでも、隼人が暮らす一軒家に比べるとアパートは狭く、玄関先でも、居間でも、どの部屋に入っても人との距離が近い。

案内された畳敷きの部屋で、母の澄子は炬燵《こたつ》に入ってぼんやりとしていた。

「お母さん、隼人と七海ちゃんがきてくれたよ」

苑子が声をかけても、澄子は曖昧に頷いただけで、大音量でかかっているテレビから眼を離そうとはしなかった。唯一反応があったのは、隼人が手土産に持ってきた、シュークリームを見たときだけだ。

すぐさまシュークリームに手を伸ばした澄子を、苑子ももう、止めようとはしなかった。たった一ケ月でこんなに変わってしまうのかと、隼人はなんだか恐ろしくなる。

むしゃぶりつくようにシュークリームを食べている母から、隼人は思わず眼をそらした。

「お母さん、ずっとあんな感じなの？」

七海が太一の部屋にいってしまったので、隼人は居間で苑子と向き合った。

「今日はあんまり調子がよくないみたい。具合がいいときは、いきなり思い出話とか始めたりするんだけど」

お茶を淹れながら、苑子が頷く。

「あんたがくるから、少しはカンフル剤になるんじゃないかと思ったんだけどね」

隼人には、母が自分を認識したのかどうかさえ分からなかった。

「俺じゃ、無理なんじゃないの」

気づくと、投げやりに告げていた。自分の声が酷く暗く響いたことに、隼人自身がハッとする。

「どうして？　昔からお母さんは、あんたのこととなると、途端に眼の色が変わったもんだけど」

苑子が湯呑みをテーブルに置いたが、茶渋が染みついたそれを、隼人は手にする気になれなかった。

ガスストーブの置かれた居間は、天井が低く息苦しい。ストーブの上には、よれよれの洗濯物がいくつも吊るされていた。

「お母さんはね、あの家を出たとき、本当は私のことも連れていきたくはなかったのよ」

溜め息交じりに苑子が漏らす。

「でも、私はあんたみたいにうまくやれなかったから」

隼人は黙って、湯気を立てる湯呑みを眺めた。

「あんたは、私と違って、物分かりのいい子だったものね……」

お茶を啜り、苑子が隼人を見つめる。

「今日は、七海ちゃんにまできてもらっちゃって悪かったわね。わざわざ、うちのバカ息子のためなんかに」

「いや、七海がきたいって言ったんだよ」

「七海ちゃん、本当にいい子よね」

苑子の口元に、自嘲《じちょう》めいた笑みがのぼった。

「私の場合は自業自得だけど、太一にだけは、時々悪いことをしているような気分になる。子供って、生まれてくる家を選べないもんね」

「治療費のことだけど……」

隼人が言いかけると、苑子が強く首を横に振った。

「今更、あんたを当てにするつもりなんかないから」

「でも、大変なんだろ」

「それじゃ、お母さんを、あんたの新築に引き取れるって言うの？」

苑子に見据えられ、隼人は言葉に詰まる。

「でしょ？　だから、気にしないで。お母さんのことは、私がなんとかする」

言い切られ、隼人は唇を引き結んだ。

結局は同じじゃないか。

胸の奥底から、黒い不快感が湧いてくる。

つまらない意地を張り、慰謝料も養育費も受け取らなかった愚《おろ》かな母のせいで、散々苦労をしたくせに、姉もまた同じ轍《てつ》を踏もうとしている。

甲斐性なしの男と結婚し、こんなボロアパートで暮らしているくせに――。

いつしか隼人は、毛玉だらけのくたびれたセーターを着ている姉を冷たく睥睨《へいげい》していた。

「そんな眼で見ないでよ」

苑子がふっと苦笑する。

「あんたはあきれているかもしれないけれど、これは私が選んだことだから」

ならば、好きにすればいい。

隼人は姉から眼をそらした。わざわざ苦労を背負い込みたがる気持ちなんて分からない。

そもそも他人の気持ちなんて、分かりうるとも思っていない。

だったら自分は、差し出された要望や提案を、できる限り飲むだけだ。

「隼人はさ、一度も私を〝お姉ちゃん〟って呼んでくれたことがないよね」

苑子の言葉に、隼人は小さく息を呑む。姉がそれに気づいていたとは思わなかった。

「お姉ちゃんらしいこと、なんにもしてあげられなかった私が、一番悪いんだろうけど……」

今まで見たことのない寂しげな表情で、苑子がこちらを見ていた。

「隼人と一緒にいると、自分がどんどんバカみたいに思えてきて、正直、たまらなかった」

隼人は、いい子だね――。

物心ついたときからそう言われた。

父からも、母からも、再婚相手からも。

「お父さんとお母さんが……、私が世界で一番大好きだった二人があんなことになっても、あんたはケロッとしてたもんね。こんなに悲しいのが自分だけなのかって思うと、やりきれなかったよ」

責めるような姉の口調に、隼人は視線を伏せる。

それでは、姉と一緒になって、自分が泣いたり騒いだりしたところで、事態はなにか変わっただろうか。

「隼人は小さいときから物分かりがよかったけど、でも、それって本当は、誰にも関心がなかったからなんじゃないの？　お母さんと私が家を出たときだって、あんたは涙一つ見せなかったもんね」

眼を据わらせて、苑子が続ける。

「ここにだって、単に仕方なくきてるだけでしょう？　あんたにとっては、自分のも含めて、家族なんてただの世間的な義務でしかないんじゃないの？」

矢継ぎ早にぶつけられた問いに、隼人は答えようとしなかった。どこを探しても、答えなど見つからないと知っていたからだ。

ガスストーブがたてる微かな音だけが、狭い居間の中に響く。

「……せめて、否定くらいしなさいよ」

長い沈黙の後、根負けしたように苑子が呟いた。

「お母さんがあんたのことを分からなくなったら、もう本当に、気を使わなくていいよ」

心底、そう思っているのだろう。

姉の眼差しに、いつもの子供じみた僻みの色は浮かんでいなかった。

「大丈夫。覚悟はできてるから」

吹っ切れたように、苑子がさばさばと告げる。

「私はね、昔から、自分には弟《きょうだい》なんて、いないものだと思っていたよ」

隼人は最後まで、なにも言葉を返すことができなかった。

結局手をつけなかった湯呑みが、いつの間にか冷たくなっている。

「じゃあ、俺、そろそろいくよ」

立ち上がった隼人を、苑子も引き留めようとはしなかった。

居間を出た瞬間、廊下に立っていた七海とぶつかりそうになる。

聞かれてたのか――？

一瞬、冷やりとしたが、七海は屈託のない表情で隼人を見上げた。

「パパ、私のほうはもう終わったよ」

七海の背後で、太一がぼんやりとしている。相変わらず体が小さく、髪もぼさぼさで、身体も心も弱そうだ。七海と並んでいると、文字通り月とスッポンだった。

「太一君、受験、頑張れよ」

形だけ声をかけ、隼人は七海と一緒に姉のアパートを後にすることにした。

帰りがけに様子を見にいった母は、早々に寝床に入ってしまっていた。

夕暮れどきの鎌倉街道を走りながら、隼人は頭の片隅で、もうこの町にくることはないのではないかと感じた。

〝あんたにとっては、自分のも含めて、家族なんてただの世間的な義務でしかないんじゃないの？〟

まだ耳の奥に、姉の詰問《きつもん》が残っている。

「ねえ、パパ。あの公園に寄っていこうよ」

助手席でスマートフォンをタップしていた七海が、唐突に声をあげた。

「ほら、高台にある、景色のいい公園」

咄嗟《とっさ》に返事ができなかった隼人に、七海は畳みかけてくる。

「よく覚えてるな」

　思わず隼人は、感嘆の声を漏らした。七海を公園に連れていったのは、もう随分と昔のはずだ。

「覚えてるよ」

　スマートフォンを上着のポケットに突っ込み、七海が笑みを見せる。

「だって、パパ、あの場所好きでしょう？」

　七海の勘の鋭さに、再び冷《ひ》やりとした。隼人自身が端から拒絶している他人の気持ちに、七海は妙に敏《さと》いところがある。

　だからこそ、ああも人の気持ちをとらえる診断を作れたのかもしれない。

　ふと隼人は、あの診断に作成者である七海の名前を入れたら、どんな結果が出るだろうと思いを巡らせた。

「あそこから夕焼け見たら、綺麗そう」

「そうだな」

　隼人は七海の提案に従い、一方通行の細い道に入っていった。ガタガタと砂利を踏み、思い出の場所に向かう。

「おーっ、寒っ！」

　駐車場に車を停めて外に出ると、強い北風が吹いていた。

「随分、風が出てるな。少し見たら、すぐ戻るぞ」

　隼人は声をかけたが、七海は弾むような足取りで、急な階段をどんどん上っていく。コートの襟を掻《か》き合わせ、隼人もその後に続いた。

階段を上りきり、高台に立つと、想像以上の光景が眼の前に広がっていた。

「わあ、すごい！」

七海が柵から身を乗り出す。

風が強く、よく晴れた冬の日の夕景は美しい。澄んだ空気の中、丹沢山地の山並みが、残照に映えてくっきりとその輪郭《りんかく》を浮き立たせていた。

手前の丘には寒さに震える鉄塔が居並び、麓《ふもと》の団地の窓に明かりが灯り始めている。この窓の奥に、昔の母と姉のような家族が身を寄せ合って暮らしている様子を、隼人は密かに思い浮かべた。

自分は結局、その中に入ることは最後までできなかった。

虚しい思いが、隼人の心の表面を撫でていく。

頭上の空は群青《ぐんじょう》なのに、山並みを浮き立たせる夕映えは燃えるように赤い。二つの色が拮抗《きっこう》し、推移していく西の空に、小さなジェット機がライトを点滅させながら静かに飛んでいた。

「ねえ、パパ、あっちにはスカイツリーが見えるよ」

七海が北の方角を指さす。

残照の消えかけた空の下に、マッチ棒のようなスカイツリーと、星屑《ほしくず》を散らしたような都心の明かりが見えた。

「そっちは崖だから、気をつけろよ」

北風に髪をなぶられながら、隼人はコートのポケットから煙草を取り出す。何度かライターのフリントホイールを弾いたが、風にあおられ、なかなか火がつかなかった。

ようやく火がつき、煙草を吸い込む。

微かな苦みを伴う煙が、空っぽの胸の奥を満たしてくれた。

健康に気を使っているはずの自分が煙草をやめられないのは、埋めずにはいられない空白と、吐き出さずにはいられない鬱屈《うっくつ》が、同じ場所に溜まっているからかもしれない。

何気なく視線を上げ、隼人は凍りついた。

いつの間にか、七海が朽ちかけた柵を乗り越えている。

「七海、なにやってるんだ」

大声で叫んだ隼人を、七海が振り返る。その頬に、ちらりと悲しげな笑みが浮かんだ。

両腕を広げた七海の長い黒髪が、大きく翻《ひるがえ》る。

「七海っ！」

隼人の眼の前から、七海の姿が消えた。


集中治療室の前のベンチで、隼人は祈るように両手を握りしめていた。

硬く閉ざされた鉄扉《てっぴ》の上に、手術中の赤いランプが点灯している。母が入院していた病院をこんな形で再訪することになるとは、夢にも思っていなかった。

電話で医師の指示に従いながら、崖の下に落ちた七海を後部座席に乗せて、隼人は必死で車を走らせた。そのほうが、救急車を待つよりも早かった。

緊急手術が始まってから、既に一時間近くが経つ。

やがて、廊下を走る音が響き、髪を振り乱した千鶴子が現れた。

「七海は、無事なのっ？」

ベンチから立ち上がった隼人の腕を、千鶴子が凄い力でつかんでくる。化粧気のない千鶴子の顔は、血の気が引いて真っ青だった。

崖の下に横たわっていた七海はほとんど外傷がなかったが、その後の検査で、大腿骨《だいたいこつ》の複雑骨折と、脳内出血を起こしていることが分かった。今は脳内に溜まった血液を抜くための外科手術が行われている。

隼人の説明に、千鶴子は顔をひきつらせた。

「どうしてこんなことになったのよっ！」

力一杯胸を殴られる。

「どうしてっ！」

隼人自身、どうしてこんなことになってしまったのか分からない。

「事故だ、よ……。公園の柵が腐っていて、そこから、誤って落ちた……」

言いかけて口を噤む。

最後に見た七海の口元に悲しげな笑みが浮かんでいたことを思い返し、隼人は茫然とした。

一体なぜ、こんなことになってしまったのだろう。

力なくベンチに腰を下ろした隼人を前に、千鶴子もそれ以上のことを聞いてこようとはしなかった。ただ、ベンチに並んで腰掛け、祈るような気持ちで手術が終わるのを待ち続ける。

隼人も千鶴子も、どちらも口をきかなかった。

じりじりとする時間がようやく終わり、手術中の赤いランプが消えると、真っ先に千鶴子が立ち上がる。隼人も急いで後に続いて病室に入った。

たくさんの管《くだ》をつけられた七海は、パーティションの向こうで眠っている。

命に別状はないという主治医からの言葉を聞いた瞬間、千鶴子が膝から崩れ落ちた。隼人は咄嗟に手を伸ばしたが、千鶴子はそれにすがろうとはしなかった。

七海が眼を覚ますまで、隼人は千鶴子と共に待合室で待機することになった。夜の待合室はがらんとしていて、非常階段の緑のライトが妙に眼に染みる。

「ねえ」

缶コーヒーを買っていくと、千鶴子が蒼ざめた面《おもて》を上げた。

「私たち、もう別れましょう」

乾いた声で告げられ、隼人は一瞬言葉に詰まる。

「……そんなこと、今、話すことじゃないだろう」

「今だからよ！」

隼人を遮り、千鶴子が大声をあげた。

ここまで激昂《げきこう》する千鶴子を見るのは初めてのことだ。気圧《けお》されながらも、隼人は缶コーヒーをテーブルの上に置く。

「せめて、七海が成人するまでは夫婦でいようって、二人で決めたじゃないか」

「あなた、まだなんにも分かってないのね」

缶コーヒーを押しやって、千鶴子が溜め息をついた。その頬に、今まで見たことのない醒めた笑みが浮かぶ。

「夫婦って、そんなふうに決めてなるものじゃないでしょう」

今更そんなことを言い出す千鶴子のことが、隼人は理解できなかった。

無言で立ち尽くす隼人を前に、千鶴子はあきらめたように首を横に振る。

「やっぱり、あなたには分からないのね」

なにをだ——。

じわりと隼人の中で、暗いものが頭を持ち上げる。

散々俺を値踏みしてきたくせに。ステータスで俺を選んだくせに。

そのお前が、今になってなにを語るのか。

だが次に千鶴子の口から放たれた言葉に、隼人は耳を疑った。

「私に子供ができたとき、偶然だって言ったけど、あれ、嘘だから」

唖然とする隼人に、千鶴子が寂しい笑みを向ける。

「私、あなたのコンドームに、針で穴をあけたんだよ。それが功を奏したのかどうかはよく分からないけど、私、決して偶然妊娠したわけじゃないから。どうしてもあなたと結婚したくて、必死だったの」

　隼人はにわかに、千鶴子の言葉を信じることができなかった。

　それだって、自分が〝優良物件〟だったからではないのか。

「女にとって出産はそれほど甘いものじゃないよ。私は本当に命がけだったの。あなたにとっては、みっともない話でしょ。一生、打ち明けるつもりはなかったんだけれどね……」

　千鶴子が立ち上がり、そっと隼人の手を握る。

「七海が花言葉診断なんかをやって、あんなにフォロワーを集めていた理由が、私には分かる。あの子は私と一緒よ」

　隼人の手を握る千鶴子の指に力がこもった。

「あなたに執着している限り、私はあの子の母になれなかった」

　痛いほど握っていた指が、はらりと解ける。

「でも、今回のことでよく分かった。私にとって、一番大切なのはあの子。あなたじゃない。もうこれ以上、あの子に寂しい思いはさせない」

　千鶴子は真剣な眼差しで、きっぱりと告げた。

「七海は私が引き取ります」

「ちょっと待てよ」

　思わず声を荒らげる。

「どうして、そんなことになるんだよ。こういうときこそ、俺たち二人が力を合わせて……」

「事故じゃないでしょう！」

千鶴子に遮られ、隼人は言葉を失った。

「あの公園、私もあなたと一緒にいったことあるもの。あんなところ、わざとじゃないと落ちたりしない。事故じゃない、よね」

念を押され、全身から血の気が引いていく。

そうだ――。

事故では、なかった。

夕景を背に、七海は両腕を広げて自ら後方に倒れていった。

眼の前に、長い黒髪が翻る。

隼人は両手で顔を覆った。

「母親をバカにしている父親を、娘が本気で信じるとでも思った？」

千鶴子の声が、まったく知らない女のもののように響く。隼人は顔から手を外すことができなかった。

〝自分をバカにしている男からの金は要らない〟

そう言って、家を出ていった母。

自分は知らぬうちに、家庭を壊した父と同じことを、千鶴子や七海にしていたのか。

「あなたはずっと、私の夫でも、七海の父でもなかったから」

千鶴子が静かに続ける。

隼人は顔を覆ったまま、ずるずるとその場にうずくまった。どのくらいそうしていたのか分からない。また、新しい患者が担ぎ込まれたのか、しんとした待合室の向こうで、救急車のサイレンが聞こえていた。

やがて細い指先が、隼人の肩にかけられた。

「とりあえず、私がここに残るから、あなたは一旦家に帰ってあの子の着替えを持ってきてくれる？　あの子の部屋の箪笥の一番上の抽斗に入ってるものを、そのまま持ってきて。私、あんまり慌てて、なにも持たずにここへきちゃったから」

顔を上げれば、千鶴子が意外なほど冷静な眼差しで自分を見ていた。

かろうじて頷き、隼人は立ち上がる。

表へ出ると、痺《しび》れるような寒さが全身を打った。北風に向かい、隼人は暗い駐車場を歩く。

なにかが足元をよぎった気がした。眼を凝らせば、己の黒い影法師が揺れている。

天頂に、冴え冴えとした上弦の月がのぼり、その光によって影ができているのだった。

お前のなにがいけなかったのか。

月明かりが生んだ影法師が、無言で問いかけてくる。

弟《きょうだい》などいなかったと語った姉。

夫でも、父でもなかったと告げた妻。

分かるものか。分かられてたまるか――。

隼人の脳裏に、夕闇に紛れていく鉄塔の姿が浮かぶ。決して互いに近づけず、ただ孤独に立ち尽くす。

〝あんたにとっては、自分のも含めて、家族なんてただの世間的な義務でしかないんじゃないの？〟

姉の声が、再び耳の奥で木霊する。

だって、仕方がないじゃないか。

自分は姉とは違う。

物心がついたときから、父と母は既に言い争ってばかりいた。

隼人には、仲が良かったときの両親の記憶がない。苑子が壊れてしまったと嘆き悲しむ家族の形を、そもそも隼人は覚えていない。

初めから壊れかけていたものが失われたところで、姉と同じように嘆くことなどできなかった。

それに、あのとき自分を置いていったのは、母と姉のほうだったじゃないか。

置いていくなと、泣いて縋《すが》ればよかったのか。

それを拒んでいたのは、当の母だったのに――。

訪ねていくたびに母が自分を大歓迎してくれたのは、捨てた自覚があるからだ。

隼人は幼いながらに母の心を読んで、その要望を受け入れた。

〝いい子だね〟〝本当にいい子だね〟

それは大人たちにとっての〝都合がいい子〟という意味だ。

あのときから自分は、誰にも寄り添えない鉄塔になった。

家族なんて、血がつながっているだけの他人だと思わなければ、到底やってこられなかった。

でも、七海だけは――。

〝七海が花言葉診断なんかをやって、あんなにフォロワーを集めていた理由が、私には分かる〟

千鶴子の声が甦り、隼人は思わずポケットに手を入れた。

スマートフォンの電源を入れ、夢中で花言葉診断のハッシュタグをたどる。

七海はなにを思って、こんな診断を作っていたのだろう。千鶴子が分かるといった理由が、この中にあるのだろうか。隼人はハッとして、七海の名前を入力してみた。

現れた診断結果に、大きく眼を見張る。

ツリフネソウ――「私に触らないでください」。

診断はランダムで、毎日結果は変わるはずだ。けれど、こんな偶然があるだろうか。

震える指先で、隼人は自分の名前を入力した。

ツリフネソウ――「私に触らないでください」。

最後に千鶴子の名前でも試してみた。

ツリフネソウ――「私に触らないでください」。

隼人の唇から、白い息が漏れる。

何度試してみても、結果は同じだった。

偶然なんかじゃない。

家族全員の名前の診断結果を、七海はそう固定していたのだ。

〝莢一杯に種を溜め込むツリフネソウは、少し触れられただけで爆ぜてしまう。属名のImpatiensは、ラテン語の「耐えられない（impatient）」という意味に由来する……〟

解説の隣に添付されているのは、硝子細工のように繊細な花の画像だった。細い茎の先、小さな船を思わせる花は、頼りなく宙に浮いている。

薄いピンク色の花弁は、七海が自分のアイコンに使っていたのと同じものだ。

いつしか、隼人の身体ががくがくと震え出した。

幼い頃の己と同様に、七海もまた、口に出せない思いを心のどこかにずっと溜め込んできたということなのか。

七海はきっと、今日の姉の詰問を聞いていたに違いない。

否、それ以前に、七海の成人までの時間を「長い」と考えていた父親の本音を、敏い心でひりひりと感じていたのかもしれない。

〝属名のImpatiensは、ラテン語の「耐えられない」という意味に由来する……〟

小さな莢一杯にパンパンになるまで溜め込まれた種が、ある日突然、些細《ささい》な接触で爆ぜるように、七海の身体は隼人の眼の前で落ちていった。

「私に触らないでください」――。

診断を繰り返すうちに、隼人の瞳に熱い涙が湧いた。

初めて気づいた。

鉄塔と鉄塔の間をかろうじてつないでいた電線には、こんなにも激しく苦しい血潮《ちしお》のような感情が流れていたのだと。

己の心に蓋《ふた》をするあまり、隼人は人の心の声を聞くこともできなくなっていた。

母が自分を置き去りにしていったときにさえ流れなかった涙が、次から次へと溢れ、ぼたぼたと暗い地面に散っていく。

「七海……」

嗚咽と共に、かすれた声が漏れた。

冷たい月明かりに照らされ、隼人は一人、いつまでも泣き続けた。

最終話

カリフォルニアポピーの義妹

セキュリティーを解除して扉をあけると、サッシから漏れる早朝の日差しが、誰もいないオフィスに白々と差し込んでいた。

「寒っ……」

寺内雪美《てらうちゆきみ》は身震いしてエアコンのスイッチを入れる。三月に入り、日差しは随分と厚みを増していたが、人気《ひとけ》のないオフィスはやはり冷える。

一拍後、備えつけの空調が、ごおんごおんと鈍い音をたてて運転を始めた。普段は社員たちの喧騒《けんそう》でごまかされているものの、こうして一人でいると相当にうるさい。

無理もない。麹町《こうじまち》にある本社ビルは、祖父の代に建てられたものだ。

二代目社長である父、巧《たくみ》が何度か手を入れてはいるけれど、竣工《しゅんこう》から五十年近くが経っている。空調設備も、相当の年季ものだった。

最低限のセキュリティーを導入したのだって、つい最近のことだ。

雪美はダウンジャケットを着たまま、間仕切《まじき》りの奥の社長室に入った。来客用のソファに鞄を置き、ステンレス製の如雨露《じょうろ》を手に取る。

幸福の木のドラセナ、大きな楕円形《だえんけい》の葉が特徴的なゴムの木、柔らかな緑のアジアンタム、空気清浄効果があるという〝噂〟で、一時期大ブームを巻き起こしたサンスベリア――。

三代に亘《わた》る生花店、「フローラル・テラ」の本社らしく、社長室には、代表的な観葉植物の鉢がいくつも置いてある。十四年前、父が二代目社長を務める「フローラル・テラ」に新卒入社して以来、社長室の観葉植物の世話は、ずっと雪美が担当してきた。

出社直後の水やりは、すっかり雪美の習慣と化している。

〝雪美は植物を育てるのが上手だな〟

ふと、子供の頃、父から言われた言葉を思い出す。

幼い時分《じぶん》から男勝りで活発だった雪美は、料理や手芸といった所謂女の子らしいことにはあまり興味がなかったが、父と一緒に土いじりをするのは好きだった。

ぞっくり出てきた双葉を間引くときも、よい花を咲かせるためにつぼみを摘むときも、どれを残せばよいのかが瞬時に分かるようなところが雪美にはあった。

だから、大学を出た後、すぐに父の会社に入ることにもなんら躊躇《ためら》いはなかった。それに物心ついた頃から、雪美は自分のうちは〝お花屋さん〟なのだと自覚していた。

こんなに早く出社するようになったのは、今年に入ってからだけれど――。

湿気を好むアジアンタムにたっぷりと水をやってから、雪美は壁の掛け時計を見上げた。巧がなにかの景品でもらった金縁の時計の針は、丁度午前七時を指している。

以前なら、寝床でようやく眼を覚ます時刻だ。

空《から》になった如雨露を床に置き、雪美は緑のリボンのようなドラセナの葉に手をやった。株分けや、剪定《せんてい》さえ定期的に行えば、観葉植物は驚くほど長持ちする。

ここにある植物は、すべて十四年前にあったのと同じものだ。

枯れた葉を落とし、古くなった細胞を切り捨てながら再生する彼らと違い、人間である自分たちはいやおうなく歳月を引き受けた。入社当初、二十二歳だった雪美は今では三十六歳になり、巧は昨年、六十八歳で他界した。

元々、肝臓が悪かったものの、人生百年といわれるようになった昨今では、早すぎる逝去《せいきょ》だった。

雪美の胸の奥を、決して癒《い》えることのない喪失感がよぎる。

父の遺言により、企画部長だった雪美が、三代目社長を受け継ぐことになった。

ドラセナの葉についた埃をぬぐい、小さく息をつく。

でも……。本当にそれでよかったのかな。

雪美には五歳年下の弟、泉《いずみ》がいる。父は本当は、長男である泉に三代目を継がせたかったのではないだろうか。

もし、社長の座を受け継いだのが長女ではなく長男だったら、〝三代目〟への風当たりも、今ほど強いものではなかったのではあるまいか――。

そこまで考え、雪美は首を横に振る。

ない、ない。それは、絶対にない。

時代錯誤なことを考えてしまうのは、まだ自分が父の椅子に座ることに慣れていないだけだ。

第一、あの泉に、社長が務まるわけがないではないか。

中学生がそのまま大人になってしまったような泉の様子を、雪美は思い浮かべた。つるりとした茹《ゆ》で卵《たまご》を思わせる顔に、よく言えば邪気のない、悪く言えば能天気な笑みが浮かんでいる。

姉の気が強かったせいもあるのかもしれないが、あれほど〝長男〟という言葉が似合わない男もいない。

〝怒らないでよぉ、怒らないでよぉ〟

泉のことを考えると、今でも雪美は甘ったれた泣き声を思い出す。

遅くに生まれた泉を、父も母もことのほか可愛がった。特に、母、緑《みどり》の溺愛《できあい》ぶりは、長女の自分からすれば眼に余るものがあった。

漫画、ゲーム、ポケベル、携帯……。父と並んで土いじりをする以外にも、少女時代の雪美には、たくさんの手に入れたいものがあった。しかし、それらを手にするためには、必ず越えなければならない高いハードルがあるのだった。

いい子でお留守番をしていたら。一人で大人しくしていられたら。

テストで百点を取ったら。次の学期で成績が上がったら――。

散々の苦労の末、ようやく雪美が勝ち取った権利を、しかし、泉は常にやすやすと手に入れた。

長子の自分は、通常の家庭よりも随分厳しく育てられたと思う。少々気が強くなったのは、そうでなければ意見が通らない環境に置かれていたせいもあるはずだ。

ところが、五年後に生まれた泉の待遇は、雪美とはかなり違った。

〝お姉ちゃんも、持ってる〟

たったそれだけのことで、要求するまでもなく、なにもかもが簡単に与えられてしまうのだ。

雪美はなんでもすぐに欲しがったけれど、泉は欲がないという、善良なイメージのおまけつきで。

だって、当たり前じゃないか。

雪美がクリアしなければならなかったハードルが、そもそも泉の前には置かれていなかったのだから。

しかも、漫画やゲームや携帯等のアイテムが、大人が思うところの〝障害〟ではないことを見事に証明してみせたのは、姉の雪美だったはずなのに。その功績はちっとも評価されず、〝お姉ちゃんが持ってるのに、泉が持ってないのはかわいそう〟という、まったくもって客観性を欠いた理由で優遇が罷《まか》り通った。

そのためか、泉には幼い頃から闘争本能らしいものが微塵もなく、姉の雪美に逆らうことも皆無だった。

要するに〝ゆとり〟なのだ。

雪美は肩を竦める。

弟の従順ぶりは呑気さと相まって、姉らしい優しさを引き出される以前に、鼻についた。どこまで唯々諾々《いいだくだく》としていられるのかを試してやりたくて、時折、酷く意地悪な気持ちになることがあった。

理不尽な要求を繰り出せば、泉は一瞬悲しげな顔になるものの、あきれるほど懸命に応えようとする。それがまた癪《しゃく》に障り、散々に振り回していると、やがて事態が母の知るところとなり、結局、雪美がこっぴどく叱責《しっせき》された。

〝お姉ちゃんのくせに、どうして小さい弟をそんなに苛《いじ》めるの！〟

だったら言い返せばいいじゃないか。

少女時代の雪美は、内心、拳を握って叫んでいた。

母がそんなふうにかばうから、泉はいつまでたってもこんななんだ。

弟につらく当たる心の奥底には、歯痒《はがゆ》さがあった。我儘な姉の理不尽な要求など、ぴしゃりと撥《は》ね返せばいいではないかという、矛盾した思いがあった。

反省しない雪美に、母は益々怒りを募らせた。

〝怒らないでよぉ、怒らないでよぉ〟

ところが、ときとして手をあげられることさえあった雪美の前に、当の泉が泣きながら訴え出てくるのだった。

〝お母さん、お姉ちゃんを怒らないでよぉ〟

まったく……。

一体、どこまで「いい子ちゃん」なんだろう。

雪美の口元に苦笑が浮かぶ。

〝泉は本当に優しい子ね〟

自分の頬を平手打ちにした手で、母が弟を抱きしめているのを見ると、雪美はやり場のない憤《いきどお》りを感じた。

あいつがあんなふうでいられるのは、私が全部、負の部分を引き受けてきたからだ。

そう叫んで地団太《じだんだ》を踏みたい気持ちが、どうしようもなく込み上げた。

泉が「いい子ちゃん」でいる限り、雪美は「悪いお姉ちゃん」でいるしかなかった。

まあ、私自身も子供だったわけだけれど……。

母が依怙贔屓《えこひいき》で余計に与えたお菓子を、後からそっと差し出してくる弟を、どうしても素直に受けとめられなかった。

泉のどこか鼻につく人の良さは、三十を過ぎた今も変わっていない。

つまりは、苦労知らずってだけのこと。

一口に総括し、雪美はダウンジャケットを脱いでハンガーに掛ける。ようやく暖房が効いてきた。

昨年まで父が使っていたデスクに座り、パソコンを立ち上げる。

でも、その泉が、自分よりも偏差値の高い大学に現役で合格したときには本当に驚いた。大学卒業後、父と姉がいる「フローラル・テラ」に背を向け、就活生に圧倒的な人気を誇る大手IT企業にすんなり入社してしまったことにも。

常に下に見ていた弟にいきなり出し抜かれたようで、戸惑いを隠せなかった。

それまでは、雪美が苦労して開いた扉の後を、呑気についてきていただけだった。けれど、入試や就職は話が違う。まさか泉には、本当に自分にはない天賦《てんぶ》の才のようなものが備わっていたのだろうか。

雪美がそう畏怖《いふ》したのも束の間、泉は二年であっさりと人気企業を退職した。

在職中にライトノベルの賞を受賞し、デビュー作がシリーズ化されて「会社勤めをする時間がなくなった」のだそうだ。

メールソフトを開きながら、雪美は小さな溜め息を漏らす。

浮き世離れした「いい子ちゃん」だった弟は、雪美からすれば益々世の中の動きからほど遠い「ラノベ作家」になってしまった。

現在泉は、「異世界」やら「魔境」やら「迷宮」やらを舞台に、日がな一日「ロリっ子」たちの活躍を描いているらしい。

読んだことはないけれど……。

雪美にも送られてくる「ロリっ子」が表紙の文庫本が脳裏に浮かび、今度は大きな溜め息が出た。

なんだかんだ言って、泉はやりたいことしかやっていない。

有名大学に入る頭があるなら、どうしてそれを家業のために役立てようとは思わないのか。父の葬儀のときだって、泉は母と一緒になって泣いているだけで、すべては雪美が取り仕切るしかなかった。

辣腕《らつわん》だった二代目社長を失った「フローラル・テラ」のことも、また――。

〝お姉ちゃんなら絶対大丈夫だよ〟

むく犬のような眼差しでそう告げられたとき、もう少しで頭を小突きそうになった。

あんたがそんなふうに自由気ままにしていられるのは、私が全部、重い責任を引き受けているからじゃないか。

子供の頃と同じく、地団太を踏みたくなる憤りが、どうしようもなく込み上げてきた。

なんにも知らないくせに……。

父亡き後、社内に不穏な動きがあることを。

カリスマ性のあった父の急逝後、営業部長の谷岡《たにおか》の態度が露骨に大きくなった。

もとより谷岡は、一回り以上年下の雪美が企画部長を務めていることも快く思っていなかった節がある。

最近谷岡は、飲み会と称して社員を集めては、「前社長が〝おひとりさま〟の娘の将来をはかなんで、誰にも相談せずに勝手に新社長に任命した」と、若手を中心に扇動《せんどう》している。加えて、営業部長の自分こそが「フローラル・テラ」の根幹を支えているのだと、社外でも吹聴《ふいちょう》して回っているらしい。

谷岡の動きに辟易《へきえき》として会社を去った何人かが、置き土産のように囁いていった情報だ。

おひとりさま。

谷岡の物言いに、雪美の眼つきが自ずと険しくなる。

役職の前では〝小娘〟扱いするくせに、女としては旬が過ぎていると言わんばかりの態度は、谷岡を始め多くの中年男たちが、三十半ば以上の独身女性に対して抱いている本音だろう。

そんな時代遅れのオヤジたちの偏見に負けたくない。

雪美は口元を引き締めた。

祖父の代には都内に三店舗しかなかった「フローラル・テラ」を、全国チェーン店にまで押し上げた父の期待に、応えないわけにはいかない。

企画部長としてなら、雪美は自分の仕事にある程度の自信があった。

「フローラル・テラ」は、切り花や鉢植えの販売のほか、法人への観葉植物のリースや、結婚式場や葬儀場の装飾花までを手掛ける、所謂オールマイティー型の生花店だ。店舗の入り口に、雑貨店とコラボしたイベントコーナーを作って集客力を高めたり、大量の薔薇《ばら》の花をディスプレイしたブライダル専用の商談スペースを設けて結婚式場装飾の受注を増やしたりした実績は、父だっておおいに認めてくれていた。

今回も、なにか新機軸となるような企画を打ち出して、谷岡の悪意のある扇動を牽制したい。

メールチェックを終えた雪美は、ツイッターの公式アカウントを開いた。

春先に一番力を入れている、枝ものの桜のディスプレイに対するリツイートや「いいね」の反応をチェックする。最近ではこうしたＳＮＳの拡散力もバカにならない。リプライやＤＭを通じて、メディアの取材が舞い込んでくることもある。

タイムラインをたどるうちに、雪美の視線が「おすすめトレンド」の欄に移った。

＃　花言葉診断

この日も変わらずにトレンド入りしているハッシュタグを、雪美はじっと見つめる。

花つながりで、なにかコラボレーションができればと思っていたのだけれど……。

公式アカウントのフォロワーを増やすだけでも、利用者数の多い診断を利用することは有用だと考えていたのだ。

〝突然のご連絡をご容赦ください。花言葉診断からこちらのアカウントにたどり着きました〟

作成者のアカウントにリプライを送ったのが、年明けすぐのことだ。それから二ケ月近くなんの返答もなかったのだが、今月に入り、突如ＤＭで返信が入った。

作成者本人からの、丁重な断りのメッセージだった。なんでも怪我をして、しばらく入院をしていたために、返信が遅れたとのことだった。

大流行中の花言葉診断の作成者が、実は女子中学生だったことを、雪美はこのとき初めて知った。

まさか、十五歳だったとはね……。

作成者は、相当聡明な少女に違いない。含蓄《がんちく》に富み、どこかに小さな棘《とげ》を含む診断は、人の心を妙に擽る。だが、相手が未成年である以上、これ以上強引な勧誘はできない。

診断とのコラボは、ただのツイッタープロモーションよりも面白いと思ったんだけどな。

未練がましく、雪美はハッシュタグをクリックした。

今日もたくさんの人たちが、診断を利用している。

遊び半分で、雪美も自分の名前を送信してみた。以前試したときは、結構いい診断結果が出たはずだが、今回はどうだろうか。

カリフォルニアポピー――花言葉「私を拒絶しないでください」

診断結果に、雪美は思わずどきりとした。

「私を拒絶しないでください」

新企画を打ち出して、社内の人たちをつなぎとめようとしている自分の心を言い当てられた気がして、なんだか居心地が悪くなる。

〝カリフォルニアポピー、別名ハナビシソウ。一見華やかな花だが、毒草の外来種として危険視されることがある。繁殖力が強く、その場の在来種を駆逐《くちく》してしまうことも……〟

解説の下には、可愛らしいパラソルのような橙色《だいだいいろ》のポピーの画像が添付されている。

そう言えば――。

ツイッターでも「危険外来種」としてこの花に似た「ナガミヒナゲシ」という花の画像が出回っているのを見たことがあった。花の世界では、ケシ科の花はすべてポピーと呼ぶ。その意味では、カリフォルニアポピーとナガミヒナゲシは同類だ。リプライや引用リツイートでは、本当に外来植物が「危険」なのか否かという論争が起きていたけれど。

毒草。

そこに、谷岡の腐すような眼差しが重なった気がして、雪美は首を横に振る。

こんなことしていられない。

雪美はツイッターのブラウザを閉じた。創業者一族である自分が、「外来種」でも「毒草」でもあるはずがない。社長として取り組まなくてはならないことは、山ほどある。

辞めていった社員たちの補充もしなければならないし、もちろん、新しい企画だって打ち立てる必要がある。

率直に言って、「フローラル・テラ」のここ数年の業績は、芳《かんば》しいものではない。政府だけが声高に主張している景気復調の実感は乏しく、法人のリースも、ブライダルの装飾花も〝コスパ〟ばかりが求められる傾向が続いている。

そんな状況下で、父という大きな柱を失った「フローラル・テラ」に不安感を抱いている社員は多く、谷岡はそうした隙につけ込もうとしているようにも思えるのだ。

すべては、三十代の女性である自分に、父ほどの信頼がないから――。

湧き上がってくる心細さを振り払い、雪美は意識を集中させる。

差し当たっては、今月のホワイトデー、四月の新生活、五月の母の日に向けての販促だ。

ホワイトデーフェアの「プレゼントブーケ」の受注を確認していると、オフィスに人の気配を感じた。

パソコンから顔を上げれば、経理部長の西野《にしの》がデスクにつくところだった。

「社長、おはようございます」

間仕切り越しに声をかけられ、雪美も慌てて「おはようございます」と頭を下げる。

「西野部長、早いですね」

就業開始時間まで、まだ一時間を残していた。

「四半期ですから」

仏頂面で答えると、西野は雪美に背を向けて黙々とパソコンを立ち上げた。


その日の定例会議の空気は最悪だった。

店頭からは人員不足への不満の声が上がり、それに雪美が答えようとするたび、谷岡に途中で口を挟まれた。

雪美はできるだけ一時的なアルバイトではなく、ある程度のキャリアを持つ契約社員を募集したいのだが、谷岡がすぐさま「その必要はないでしょう」と断定する。

「私はできるだけ、社員一人一人のスキルを発揮できるような……」

「いやいや、必要なのは、スキルじゃなくてスタンスでしょう」

「でも、私としては商品開発プロジェクトには、できるだけ多くの意見を……」

「そんな余裕はないでしょう。ただでさえ、現場は人手が不足しているんだから」

万事こんな調子だ。

谷岡の息がかかった営業部の社員たちは冷めた眼差しを隠そうともせず、雪美の直属の企画部の社員たちは、困ったように顔を見合わせている。

ほとんどの社員が谷岡の側についているように思え、雪美の中に焦りが湧いた。

「だからこそ、その場しのぎではなく、新しい『フローラル・テラ』を一緒に作ってもらえる……」

必死で言葉を繰り出す雪美を遮り、谷岡が一際大きな声をあげる。

「西野経理部長」

テーブルの隅でレジメを見つめていた西野がこちらを向いた。

「ホワイトデーフェアの売上見込みは、昨年増しになりそうですか」

「……厳しいですね」

西野の一言で、会議室内に不穏なざわめきが満ちていった。

そんなんじゃ、アルバイトを雇うんだって大変だろう。

これだから、〝お嬢さん社長〟は困るんだよ。もっと現実を見なくちゃ。

やっぱり、社長がいないと駄目だな……。

小さなざわめきの中から、営業部員たちの聞こえよがしな皮肉が耳を打つ。

「人員補充に関しては、営業部が総務と進めますよ」

谷岡に強引にまとめにかかられ、雪美は慌てて身を乗り出した。

「方針は改めて検討しますが、私も社長として面接に参加します」

総務部長は谷岡に嫌気がさして先月辞職している。今総務に残っている課長代理の壇上《だんじょう》は、完全に谷岡の腰巾着《こしぎんちゃく》だ。この二人に、「フローラル・テラ」の人事を任せるわけにはいかない。

わざと、「社長として」というところで語気を強めた。

谷岡は露骨に不快そうな表情を浮かべたが、さすがに反論はしなかった。

「次に、母の日フェアに向けて、ディスプレイ案を募集したいと思います」

雪美は二番目の議題に入ろうとする。

「昨年通りでいいんじゃないですかね」

またしても谷岡が、気勢をそぐようなことを口にした。

「母の日は一番の繁忙期です。ここで手を抜くことはあり得ません」

「去年だって、手を抜いたわけじゃないでしょう。去年のディスプレイは、企画部長が自ら作ったんだし」

会議が始まって以来続いている刺々《とげとげ》しいやり取りに、ほとんどの社員はうんざりしているようだ。雪美自身、なんとかして父の不在を埋めようとして空回りしている自分を感じてしまう。

「そんなに張り切らなくていいんじゃないですかね。人員補充もまだなのに」

腰巾着の壇上が、茶々を入れてきた。

「そうだよな。それに、まず、企画部長が母になるほうが先なんじゃないの」

谷岡が砕けた調子で呟く。

「あ、失敬。こういうこと言うと、すぐにセクハラとか叩かれちゃうんだっけ。それに、今は社長さんだったね」

会議室の中に、失笑が漏れた。雪美は黙ってレジメを裏返す。

こんなことで腹を立てたら負けだ。

「社長」

そのとき、淀んだムードを押しのけるように、部屋の隅の西野がおもむろに手を上げた。

「今月の予算報告に入らせてもらってもいいですかね」

西野の現実的な発言に、雪美は我に返る。

「すみません。西野部長、お願いします」

淡々と数字の報告を始めた西野の抑揚のない声を聞きながら、雪美は密かに唇を噛み締めた。

なんとか定刻通りに会議を終わらせ、雪美は間仕切りの奥の社長室に戻ってきた。父の座っていた椅子に腰を下ろすなり、ファイルをデスクに叩きつけそうになる。

母の日フェアの新しいディスプレイは、結局、企画部長を兼任している雪美が案を出すことになった。雪美を忙殺し、その間に谷岡は人事を牛耳《ぎゅうじ》ろうとしているのかもしれない。

そんなことは絶対にさせない。どちらも立派にやり遂げてみせる。

気負ってパソコンを立ち上げたが、数時間のうちに何十通も溜まってしまった未読メールを眼にした途端、気持ちが挫《くじ》けそうになった。

「あーあ」

思わず低い声が出た。

悔しいのは、それまで自分に好意的だった社員たちまでが、父がいなくなった途端、掌を返すようにして谷岡の顔色を窺っていることだ。言い換えれば、それだけ今までの自分は、父の後ろ盾に支えられてきたということになる。

先日取材を受けた雑誌からのメールに添付されたPDFファイルを開くと、そこに、パステルピンクのスーツを着た自分の写真が現れた。

〝「フローラル・テラ」新社長、寺内雪美氏、女性ならではの感性を生かした経営に乗り出す〟

写真の上に踊るコピーに、雪美は眉を寄せる。

〝女性ならではの感性〟とは、一体なんなのだ。

一見、記事は晴れがましいが、雪美自身が覚束《おぼつか》ないキャッチコピーには困惑をぬぐえない。しかも修正の確認は、今日までとなっている。もう、このままいくと言われているようなものだ。

複雑な心持ちで、雪美はファイルの中の自分の笑顔を見つめた。

実績がないまま、こんな記事だけが先行すると、益々社内の風当たりが強まるのは眼に見えている。

〝企画部長が母になるほうが先なんじゃないの〟

先刻の谷岡の皮肉が甦り、胸の奥が冷たくなった。

女性の重役登用が政策にまで取り入れられる昨今、女社長というだけでもてはやされる傾向があるけれど、そのうちここに「何児の母」とか入らないと、すぐさま相手にされなくなるに違いない。

今の自分の立場が危ういのは自覚している。

筆頭株主こそ父の株式を相続した母だが、名ばかりの会長である母は、経営には一切かかわっていない。このまま業績不振が続けば、メインバンクがなにを言ってくるかは分からなかった。そのとき頼りになるのが自分よりも谷岡だと、多くの社員に判じられているのがもどかしく情けない。

「私を拒絶しないでください」――。

ふいに、花言葉診断の結果が頭に浮かび、雪美はぎくりとする。

一見華やかな毒草。

パステルピンクのスーツがカリフォルニアポピーと重なったようで、一気に気分が沈み込んだ。

なぜ、もっと信頼してもらえないのだろう。それなりに、経験は積んできたはずなのに。

結局私も、泉と同じ〝苦労知らず〟だったんだろうか。

沈鬱《ちんうつ》な気持ちでファイルを閉じると、デスクの上に置いたスマートフォンが震えた。まるで内心の呟きが伝わったかのように、泉からのメッセージが着信している。

「はあ？」

吹き出しの中のメッセージを読むうち、雪美は眉間にしわを寄せた。

週末、雪美は久しぶりに実家に向かっていた。

地元の駅に着くなり、駅ビルの化粧室に入って服装をチェックし、口紅を塗り直す。実家に帰るのに、こんなことをするのは初めてだ。髪の乱れを整え、雪美は薄桃色のチューリップのブーケを持ち直した。

弟の泉が、結婚を考えている女性を実家に連れてくるという。

寝耳に水の話だった。

足早に歩きながら、雪美は肩で息をつく。正月に会ったときは、それらしい話など一切出ていなかったのに。

またしてもいきなり出し抜かれたようで、雪美は内心穏やかではなかった。

こちらの苦労も知らないで、本当に泉はやりたい放題だ。

だが、弟に先を越される焦りを見透かされるわけにはいかない。社長であり、姉である威厳を保とうと、玄関先で雪美はブーケを抱えて深呼吸した。

呼び鈴を押すと、すぐに母の緑が迎えに出てきてくれた。

「お帰りなさい。忙しいのに、大変だったでしょ」

努めて平静を装おうとしているが、一目で母の様子がおかしいことに気がついた。まるで縋るように、雪美を見つめてくる。

長男が結婚を考えている相手を迎えて、不必要に緊張しているのだろうか。母の妙な眼差しの真意をつかめぬまま、雪美は応接間のドアをノックした。

ドアをあけた瞬間、眼の前の光景に全身が硬直する。

「ねえねえ、ユキミンだよね」
ユ、ユキミン……？
その呼び名にも驚いたが、それ以上に吃驚《びっくり》したのは、馴れ馴れしく声をかけてきた初対面の女が、ソファに座った弟の膝の上に乗っかっていたことだ。

しかも――。脱色したオレンジ色のふわふわとした髪に薄い眉。

あまり若くはなさそうだけれど、どこからどう見てもヤンキー上がりだ。

「はじめまして。キャロラインでーす」

完全に固まってしまっている雪美を介することもなく、ヤンキー女が能天気な声をあげる。

誰がキャロラインだ。

脱色したオレンジの髪こそ金髪に近いが、扁平《へんぺい》な女の顔は日本人としか思えない。ラメ入りのアイシャドウやてらてらしたリップグロス等の派手めのメイクを全部落とせば、実際は相当の地味顔に違いない。

雪美は思わず、弟を睨みつけた。ところが泉は、キャロラインとやらをたしなめるわけでもなく、あきれるほどに鼻の下を伸ばしている。

「お姉ちゃん、キャロはアメリカ育ちなんだよ。今は日本のアニメーションを海外に紹介する仕事をしているんだ」

幸せそうに告げられて、雪美は脱力しそうになる。

「英語もペラペラですごいんだよ」

「えー、別にすごくないよ。私の場合、親がアメリカ人だから、英語なんて喋れて当たり前じゃん。イズミンのほうが断然凄いってー」

「そんなことないよぉ」

明らかに唖然としている雪美の前で、泉とキャロラインがいちゃつき始めた。

バカか。

父がいないと駄目なのは、会社だけではないらしい。何度か世知辛い恋愛を経験してきた雪美と違い、今まで泉からは失恋の話すら聞いたことがない。ひょっとすると泉は、三十を過ぎて初めてできた恋人に、すっかり舞い上がっているのではあるまいか。

「雪美ちゃん、お紅茶……」

それまで雪美の後ろに隠れるようにしていた母が、おずおずと新しい紅茶をテーブルの上に置く。

雪美も我を取り戻し、泉に顔を寄せているキャロラインにチューリップのブーケを差し出した。

「うわー、嬉しい～」

キャロラインが大げさな歓声をあげて立ち上がる。

「さっすが、『フローラル・テラ』のプレジデント。超ラブリー。ユキミン、センス、ありありー」

一つも嬉しくなかったが、とりあえず弟の膝から下りてくれたことだけは助かった。あのままでは、眼のやり場に困ってしまう。

「ねえねえ、ミドリンもユキミンも早く座ってよ。私、バターミルクスコーン焼いてきたんだ。ミドリンの淹れてくれた紅茶にぴったり」

ミドリン？

雪美が母を見やれば、ひきつった笑みを浮かべている。

これは自分が到着するまでにも、相当とんでもない発言が炸裂《さくれつ》していたに違いない。母が挙動不審になるはずだ。

「キャロの焼き菓子は最高なんだよ」

相変わらず空気を読まない泉は、頰を紅潮させて心底嬉しそうにしている。

テーブルの上には美味しそうなスコーンが並べられていたが、雪美はとても手を出す気分になれなかった。

それからの時間をどうやり過ごしたのか、雪美は敢えて記憶に留めていない。

雪美と母の緑が黙り込んでいる前で、泉とキャロラインだけが好き放題にはしゃいで、食べて、喋って、盛り上がっていた。

ようやくキャロラインが帰る段になり、送っていこうとする泉を、雪美は無理やり押しとどめた。

「泉、ちょっとこっちへきて」

キャロラインの姿が玄関から消えた途端、雪美は泉をリビングに引きずり込み、緊急家族会議を始める。

「一体、どういうつもりなの」

「どういうつもりって？」

本当にわけが分からないという顔をしている弟に、ほとほと情けなくなった。

「本気であんなのと結婚するつもりでいるの？」

「あんなのって、お姉ちゃんこそどういうこと？　キャロは仕事もできて性格もいいし、本当にすてきな女性だよ」

ところが泉は、真剣な表情で反論してきた。

「キャロはアメリカ人のご両親のもとで育てられたから、ちょっと日本人離れしたところもあるけど、それってただの文化の違いでしょ？」

冗談ではない。あれを「文化の違い」で済まされたのではたまらない。

「ちょっと、お母さんからもちゃんと言ってよ」

雪美が助けを求めると、母はこの期に及んでまだ困り切った表情で視線をさまよわせている。

自分のことは容赦なく叱りつけてきた母が、どうして弟にはこんなに弱いのか。

雪美はカッと火がつくような苛立ちを覚えた。

「そもそも、あの子、どこからどう見ても日本人じゃない。なにが、キャロラインよ。あんた、なんか騙されてるんじゃないの？」

「酷いよ、お姉ちゃん。そんなの、ただの見かけの話じゃないか」

またしても、お気楽な善意を振りかざす。

珍しく泉の口調が強かったことに、雪美は一層腹を立てた。

「泉、あんた、責任とかそういうこと、一度でもちゃんと考えたことあるの？　いつまでも子供みたいに、やりたい放題やっちゃって」

「だから、結婚しようって考えてるんだよ」

「そういうことじゃないでしょ！」

なんでいつも泉の前にだけ、ハードルがないのだ。自分はこんなに大変な思いをしているのに。

「あんた、一度でも死んだお父さんの気持ちを考えたことがあるの？　いっつも現実的なことを私一人に押しつけて」

「押しつけた覚えなんてないよ。お姉ちゃんなら大丈夫だって思ってるだけだよ。だって、お姉ちゃんは……」

「大丈夫なわけないでしょっ！」

気づくと雪美は大声で叫んでいた。

これだから、〝お嬢さん社長〟は困るんだよ。やっぱり、社長がいないと駄目だな……。

会議中に社員たちが聞こえよがしに囁いていた皮肉が耳朶を打つ。

「どうしてあんただけが、そんなにお気楽にしていられるのよ。おじいちゃんの代から続いている会社のことを、少しでも気にかけたことはないの？」

「それは……」

さすがに泉が言いよどんだ。

「でも、俺にだって、俺の仕事があるから……」

「仕事？　笑わせないでよ。あんたの仕事なんて、遊びと一緒じゃないの！」

雪美の剣幕に、泉がうつむく。

リビングの中に、しばし重たい沈黙が流れた。

やがて、下を向いた泉の口からしゃっくりのような声が漏れる。視線をやり、雪美は唖然とした。

うつむいたまま、泉が肩を震わせて泣いている。つるりとした頬を滑った涙が、ぽたぽたとリビングのテーブルの上に散った。

「ちょっと、雪美、なにもそこまで言うことないじゃないの」

それまで手をこまねいていた母が、途端に非難の声をあげた。

「は？」

あまりのことに、雪美は自分の顔が歪むのを感じる。

「お母さんがそんなだから、泉がこんなになったんじゃないっ！」

火がついたように叫ぶと、「怒らないでよぉ、怒らないでよぉ」と、泉が子供の頃とそっくりの情けない泣き声を出した。

「二人とも、怒らないでよぉ」

めそめそと泣きながら、泉が母と自分の間に入ってくる。

やってられない。

「バッカじゃないの……！」

吐き捨てるなり、雪美は鞄を持って立ち上がった。憤然《ふんぜん》とリビングを出て、玄関に向かう。

こんなの、本当にやっていられない。

玄関の扉を乱暴に閉め、雪美は足早に歩き始めた。

どうしていつまでも、自分だけが「悪いお姉ちゃん」扱いをされなければいけないのだ。母は自分よりも、弟とあのヤンキー女を認めるつもりなのか。

そんなことになったら、自分はもう二度と実家には近づかない。

煮え立つような頭で歩いていると、ふと、視界の隅に明るい暖色のものがよぎった。

足をとめれば、空き地にナガミヒナゲシが咲いている。ここ数日暖かい日が続いていたので、一気に発芽したのだろう。

その柔らかそうな橙色の花弁に、同じくケシ科のカリフォルニアポピーが重なり、それがやがて、ふわふわとしたキャロラインのオレンジ色の髪に変わっていく。

カリフォルニアポピーは私じゃない。あの女だ。

あれこそが在来種を駆逐する、外来の毒草に違いない。

雪美は大きく息を吐き、真っ直ぐに駅へと向かっていった。


深夜のオフィスで、雪美はパソコンの画面をじっと見つめる。

明かりがついているのは、間仕切りの奥の社長室だけだ。社員は誰も残っていない。

ついに四月に入ってしまった。今週中に母の日フェアのディスプレイ案をまとめないと、各店舗への指示が間に合わない。

孤軍奮闘という言葉が脳裏をよぎり、雪美は微かに苦笑する。

チェアの上で伸びをし、すっかり固まってしまった肩を回した。このところ、連日深夜までこうしてパソコンに向かっているが、未だに案が決まらない。営業部長の谷岡との意思疎通がうまくいかないため、社内調整に時間がかかっているのだ。

雪美は仕入れ状況を確認し、ついでに予算案のファイルを開いた。正直、四月の新生活フェアの見込みは、惨敗に近かった。生花店にとって最大の繁忙期である母の日に失敗をすることはできない。

繁忙期に入る前に、人員補充もしなければならないし……。

中途採用のエントリーシートを確かめようとして、雪美はマウスを動かす手をとめた。今それを始めたら、今夜は帰れなくなってしまう。

壁の掛け時計の針が零時になろうとしていることに気づき、雪美は両手を上げそうになる。

気持ちばかりが焦り、実務が追いついていかない。もしかすると、自分は色々なことを背負い込みすぎているのだろうか。

でも……。自分がやらなければ、一体誰がやるのだ。

〝怒らないでよぉ、怒らないでよぉ〟

弟の泉の情けない泣き声が甦り、雪美は奥歯を嚙む。あれ以来、弟とも母とも連絡を取っていない。その後の進展に至っては、知りたいとも思わない。

あいつさえもっとしっかりしていれば、私一人がこんなに苦労することもなかったのに……。

考えれば考えるほど腹が立つ。

すべてのファイルを閉じ、雪美はパソコンをシャットダウンした。今日はもう時間切れだ。終電を逃す前に、オフィスを出よう。

社長室の電気を消し、エアコンをとめ、施錠をしてから暗い廊下に出ると、急に寄る辺のない気持ちが込み上げた。谷岡が腐すように、本当に父は〝おひとりさま〟の自分の行く末を憐れんで、社長に任命したのだろうか。

お父さん、早すぎるよ……。

父の巧と一緒に退社していた頃を思い出し、鼻の奥がつんとした。

週末でもないのに、終電は大変な混雑だった。疲れ切った表情のサラリーマンたちは押し合いへし合いしつつ、全員が一様に手元のスマートフォンを覗き込んでいる。

ようやく駅にたどり着いたとき、雪美は買ったばかりの春物のスーツをくしゃくしゃにされていた。夜道をとぼとぼと歩きながら、これでは新生活に花を買おうと思い立つ余裕なんて、誰も持てるはずがないと考える。

途中でコンビニに寄ろうかと思ったが、お腹が空いているはずなのに食べたいものがなにも浮かばなかった。

確か冷蔵庫に、栄養補給用のゼリー飲料があったはずだ。

最近は、そんなものばかりを口にしている。食欲が湧かないのだから仕方がない。

半ば捨《す》て鉢《ばち》になりながらマンションを見上げ、雪美はぎょっと足を竦ませた。自分の部屋に明かりがついている。

つけっ放しで出勤してしまったのだろうか。

そもそも朝に電気をつけたろうかと訝りつつ、足早にエレベーターに乗り込んだ。

自分の部屋の扉をあけるのに、これほど緊張したことはない。鍵穴にキーを差し込むと、くるりと空回りした。まさか、施錠も忘れたのか。

最近疲れているとはいえ、これはおかしすぎる。

雪美の胸元を、気味の悪い汗が流れた。万一の場合に備え、鞄からスマートフォンを取り出す。すぐに通報できる態勢を整えてから、勢いよく扉をあけた。

ふわりと甘い匂いがする。

誰かが、勝手にキッチンを使っているらしい。

「誰っ！」

スマートフォンを掲げたままキッチンに足を踏み入れた瞬間、オレンジ色の頭が眼に飛び込んできて、雪美は絶句した。

「わ！　びっくりした」

盛大に肩を弾ませて、キャロラインが振り返る。

「ちょっと、ユキミン、おどかさないでよ～」

それはこっちの台詞だ。

なぜここに、この女がいるのだ。

「っていうか、ユキミン、遅すぎー。さっきまでイズミンも一緒に待ってたんだけど、締め切り前だから先に帰らせたとこだよ。それにさ、ユキミンの部屋、ちっとも可愛くなくね？　せっかくお花屋なんだから、お花飾ったり、アロマ焚いたりしたほうがいんじゃね？　まずは自分がやんないとさぁ」

油紙に火でもつけたかのようにぺらぺらと喋っているキャロラインのしたり顔を、雪美は唖然として眺めた。

そう言えば――。

もう記憶の彼方に葬り去っていたが、実家を出たとき、緊急用にと合鍵を母と弟と交換し合ったことをぼんやり思い出す。

「冷蔵庫にはろくな食材も入ってないしさ。あ、オーブンレンジ、使わせてもらったよ」

キャロラインが鼻歌交じりになにかを言いながらオーブンレンジの扉をあけているのを見て、雪美は我に返った。

「……なんで、あなたがここにいるのよ」

「え、だから言ったじゃん。イズミンと待ってたんだって」

「なんで人の家に勝手に入り込んだのかって聞いてるんだけど」

「いいじゃん、別に。家族なんだし」

「いいわけないでしょっ！」

ついに雪美は大声をあげた。第一、こんな女と家族になった覚えはない。

「こんなの不法侵入じゃない。さっさと出てってよ」

雪美は声を震わせたが、キャロラインは平然としている。

「えー、別に不法侵入じゃないよ。合鍵持ってるんだし」

「それは泉であって、あなたじゃないでしょ」

「えー、同じだよ。私、イズミンと結婚するんだもの。その前に、女同士で親睦《しんぼく》を深めようと思って」

キャロラインは舌を出して「てへっ」と笑った。

「だってさ、私たち、姉妹になるんだよ。ね、おねえちゃん」

ざわっと鳥肌が立つ。

雪美は肩にかけていたバッグをキャロラインに向かって力一杯投げつけた。

「うわっ、あっぶねー！」

キャロラインが身をかわし、バッグは派手な音をたてて壁に当たる。

「ちょっと、ユキミン、なにすんの。まじ、洒落になんねーし」

洒落にならないのは、そっちのほうだ。

「バカなこと言わないでっ！　あなたが弟と結婚するなら、私は縁を切るから」

「えー、なんで？」

全身をわななかせて叫んだが、キャロラインは心底わけが分からないという顔をしてみせた。

「ユキミン、なにそんなに怒ってるの？　イズミンを取られるのが怖いとか」

「そんなこと、あるわけないでしょっ！」

なぜ怒られているのかが分からないという、この女のほうが大問題だ。これはもうアメリカ育ちとか、そういう問題ではない。あまりにも常識がなさすぎる。

泉は本気で、こんな女と結婚するつもりでいるのだろうか。

「もう二度とこないで。今後一切、私にかかわらないで！」

「えー、無理。だって、イズミンのお姉さんでしょ」

「あんな奴、もう関係ない。弟でもなんでもない！」

「ちょっと、それは酷いって」

もっともらしく指摘されて、雪美は頭に血がのぼった。

「うるさいっ！　あなたになにが分かるのよ。あいつさえもう少ししっかりしていれば、私一人が会社でこんなに苦労することもなかったんだからねっ！」

怒髪冠《どはつかんむり》を衝《つ》く勢いで叫ぶと、キャロラインはさすがに大人しくなった。無言で見つめられ、なんだか居心地が悪くなる。

雪美は壁に当たって落ちたバッグを拾い、さっさとこの場を立ち去ろうとした。

「なんで、苦労してるの」

背後から、キャロラインが低く問いかけてくる。

「は？」

思わず振り向けば、キャロラインが今までとは少し違った眼差しでこちらを見ていた。

「自分で選んだ仕事でしょ。だったら苦労なんてやめて、楽しめばいいじゃない。イズミンは、いつだって楽しく仕事してるよ」

「あいつの仕事なんて、遊びと同じじゃない。一緒にしないでよ」

「いくら楽しくても、遊びと仕事は違うよ。イズミンだって、プロとして一生懸命頑張ってるんだよ。第一、ユキミンは、イズミンの本をちゃんと読んだことがあるの？」

「……ないけど」

「じゃあ、仕事を楽しめない自分を棚に上げて、適当なこと言うのやめなよ」

突如理路整然と言い込められて、雪美は言葉に詰まった。

なぜ自分が、こんな女に説教されなければいけないのか――。

「なにも知らないくせに、そっちこそ、余計なこと言わないで」

「話してもらえないのに、ユキミンがなにに苦労してるかなんて、私に分かるわけないじゃん。そもそもユキミンは、好きでお花屋さんになったんじゃないの？」

「それは……」

雪美は再び口ごもる。

だが好きとか嫌いとかの以前の問題として、「フローラル・テラ」は家業なのだ。

「おじいちゃんの代から続いている花屋を、私の代で潰すわけにはいかないでしょう」

「え、潰れちゃうの？」

思わず呟いてしまった言葉に、キャロラインが食いつく。

「そんなこと言ってない」

慌てて言い直せば、

「じゃあ、誰かに乗っ取られるとか」

とかぶせられ、雪美は大きく息を呑んだ。営業部長の谷岡の顔が脳裏をよぎり、返す言葉を失う。

「もしかして、心当たりがあるとか」

絶句した雪美に、キャロラインが眼を爛々《らんらん》とさせて身を乗り出してきた。

「ありうる話だよねー。ファミリー・カンパニーの社長がいなくなった途端、重役がメインバンクと組んで勝手にM&A進めちゃうとか、まじ、アメリカではよくあるわー」

面白おかしく喋り立てられ、雪美は茫然とする。考えたくもない、しかし、言われてみれば否定もできない可能性を、いきなり眼前に突きつけられた気がした。

「もう、いいから、私の部屋から出てってよ！」

これ以上話していると藪《やぶ》から蛇《へび》が出そうな気がして、雪美は声を荒らげる。

「えー、それはないでしょう」

途端に、キャロラインがふくれっ面になった。

「こんな時間じゃ、もう終電ないじゃん。今夜はユキミンのところに泊まるって、イズミンにも言っちゃったし」

なにを二人で勝手に決めているのか。

雪美は新たな怒りが湧くのを感じた。こちらは明日も仕事なのだ。早朝から深夜まで働かなければ追いつかない業務があるのだ。父がいなくなった途端、傍若無人に振る舞い出した谷岡に負けるわけにはいかないのだ。

「ねえ〜、泊めてよ、おねえちゃ〜ん」

オレンジ色の髪を振りたててすり寄られそうになり、雪美は「ぎゃっ」と飛び退《の》く。

「やめろ！　帰れ」

「やだ、泊まるぅ」

「いいから、帰れ」

「やだやだ、泊めてぇ」

「帰れ、帰れ、帰れぇえええええっ！」

抵抗するキャロラインを猛獣の如く追い立て、ようやく玄関から押し出したときには汗だくになっていた。

スコープから覗いて戻ってこないことを確かめると、雪美は全身で息をついた。

なんて恐ろしい女だろう。

あれこそ、いつの間にか相手のテリトリーに忍び込み、在来種を全滅させる外来の毒草だ。

「私を拒絶しないでください」

カリフォルニアポピーの花言葉が脳裏に浮かび、雪美は大きく首を横に振る。

冗談じゃない。率直に言って、拒絶しか感じない。

嫌悪感に慄《おのの》きながらキッチンに戻ってくると、部屋中に甘い匂いが立ち込めていることに改めて気がついた。

オーブンレンジの中を覗くと、見慣れぬココット型の耐熱容器に入った薔薇色の美しいものがある。

〝プディング作ったからね～〟

そう言えば、鼻歌を歌いながらキャロラインがそんなことを口にしていた気がする。わざわざ調理器具まで持ってきたのか。半開きになっていた扉をあけ、雪美はそれを取り出してみた。

プディング――。子供の頃、西洋の物語にたびたび登場するその響きは、少女時代の雪美の好奇心をかきたてた。ライスプディングに至っては、ご飯の入ったプリンって一体どんなものだろうと、首を傾《かし》げた。

今では、日本の所謂「プリン」はカスタードプディングのことで、プディングとは小麦粉や米粉に様々な具材を加えて蒸したり焼いたりした食品の総称だということは知っている。キャロラインが勝手にオーブンレンジを使って焼いたのは、たっぷりと苺《いちご》を使ったベイクドプディングのようだった。

可愛らしいココット型の容器から温かな湯気が立ち、甘酸っぱい香りが鼻孔《びこう》を擽る。雪美の空っぽの胃袋が小さな音を立てて収縮した。途端に、自分が酷く空腹であることに思いが至る。

とんでもない女が作っていったものだという危惧感が頭の片隅で警鐘を鳴らしていたが、雪美は自分を抑えることができなかった。気づいたときには、ココットの中でふっくらと膨《ふく》らんでいる薔薇色のプディングにスプーンを入れていた。

一匙掬《すく》って口に入れた瞬間、雪美は思わず陶然とした。苺だけではない。ラズベリーやレッドカラントの粒粒とした果肉がしっとりとした生地の中に際立ち、爽やかな酸味が口一杯に広がっていく。唾液腺が刺激され、下顎のつけ根がきゅうっと痛くなった。

これだ、と雪美は思う。

お腹が減っているにもかかわらず、コンビニでは食べたいものがなに一つ思い浮かばなかったが、自分が食べたかったのは、このベリーの果汁と果肉をたっぷりと含んだ滑らかで温かいプディングだったのだ。

バターのコクと果実の自然な甘さが舌の上で絶妙に溶け合い、スプーンを動かす手をとめることができない。いつしか雪美は夢中でスプーンを口に運び、久々のご馳走を存分に味わっていた。

最後の一口まで堪能し、満足の息を漏らす。

空のココットを眺めながら、雪美は随分と気分が落ち着いていることに気がついた。

不法侵入までされたのに……。

〝キャロの焼き菓子は最高なんだよ〟

泉の能天気な声が脳裏をよぎり、ひょっとして弟もこの手で丸め込まれたのではあるまいかと、はたと冷静になる。美味しい食べ物は、人の判断力を鈍らせる恐るべき魔力だ。なんだか術中に嵌《はま》ったようで、雪美は空になったココットをそそくさとシンクに運ぶ。だが、オーブンレンジの中に、まだココットが二つ残っているのを見ると、自然と顔が緩んでしまった。

終電もない深夜に追い出したけれど、あの後、キャロラインは無事にどこかへ帰り着いたのだろうか。

ココット型の容器を洗いながら、雪美はほんの少しだけ心配になった。

とは言え、自分の部屋に彼女を泊めたいとは微塵も思えない。やっぱりああするしかなかったのだと弁解のように考えながら、雪美は寝室に入った。

部屋着に着替え、ベッドの上に腰を下ろす。

明日もまた、定例会議だ。

キャロラインは自分で選んだ仕事なら楽しむべきだと言い放ったが、現実はそうはいかない。

〝じゃあ、誰かに乗っ取られるとか〟

同時にキャロラインは、雪美の死角になっていた可能性を見事に突いてきた。万一、それが本当だとしたら、この先自分はどこまで攻防に耐え得るだろう。

底なし沼に足を取られたような不安に囚われる。沈み始めてしまったら、誰も自分を助けてくれない。

お気楽に生きていられるのは、泉のような浮世離れした人種だけだ。

〝いくら楽しくても、遊びと仕事は違うよ。イズミンだって、プロとして一生懸命頑張ってるんだよ〟

静かな部屋の中に、再びキャロラインの低い声が響いた気がした。

〝第一、ユキミンは、イズミンの本をちゃんと読んだことがあるの？〟

雪美はしばらくぼんやり考え込んでいたが、やがて、封も切らずにボックスに放り込んである泉からの献本の山を見やった。茶封筒をあければ、肌も露《あら》わな「ロリっ子」たちが表紙の文庫本が滑り出る。

萌《も》え系アニメ調の表紙だけで気分が萎《な》えそうになったけれど、とりあえずページを開いてみた。

高校時代の泉を思わせる、冴えない少年が主人公だ。その主人公が、始終、気の強い姉から理不尽にこき使われる冒頭のシーンに、雪美は眉を寄せた。

「なによ、これ……」

自分がモデルにされているらしいことに憤慨しながらページをめくっていくと、突如、少年は不慮の事故で死んでしまう。

「え？　主人公、死んじゃうの」

雪美は戸惑ったが、物語が加速するのはそこからだった。弟の非業の死に涙にくれる姉の懺《ざん》悔《げ》の願いが届き、少年は異世界で〝万能《チート》〟なロリ系美少女に転生する。そして、前世で姉に理不尽に振り回されていたからこそ身についた数々の機転で事件を解決し、あちこちでレズっけのある美少女たちから迫られまくる。

「バカじゃないの……」

冴えない少年にとって都合がよすぎる世界観にあきれつつも、なんだかんだと面白くてついついページをめくってしまう。泉の文章はテンポがよく、色鮮やかで、明快で、それでいて時折ハッとするような深みがあった。

なにより、伸びやかな筆致《ひっち》で個性的な登場人物たちが生き生きと描かれている。悪い人間が一人も登場しないところもすがすがしい。心根《こころね》の優しい美少女だらけのファンタジーは、いっとき世知辛《せちがら》い現実を忘れさせてくれる。

いつの間にか、雪美は物語に引き込まれていた。

「ちょっと、ここで終わるの？」

憎いくらい気になるところで一巻が終わり、小さく悪態をつく。

泉のくせに、狡いじゃないの……。

二巻目を探そうと、雪美は献本の山を崩し始めた。

「社長」

週末、深夜近くまでパソコンに向かっていると、遠慮がちに声をかけられた。雪美が顔を上げれば、間仕切りの手前に企画部の女性スタッフが立っている。

「斎藤《さいとう》さん、まだ、残ってたんだ。オフィスには誰かいるの？」

中途採用のエントリーシートのチェックを中断し、雪美はかつての直属の部下を見やった。

「いえ、私で最後です」

入社三年目になる斎藤が首を横に振る。

「そう。じゃあ、ここ以外の電気、消してもらって構わないから、斎藤さんももう帰ってね」

母の日フェアのディスプレイ案がなかなか固まらなかったため、各店舗への店頭《ファサード》変更の伝達にも時間がかかってしまったのだろう。雪美は「お疲れさま」とねぎらったが、斎藤はまだ間仕切りの手前で立ち尽くしている。

「どうしたの」

「社長。ちょっと、お伺いしたいことがあるんですが……」

その表情に不穏なものを感じ、雪美は手をとめて立ち上がった。斎藤を促し、一緒に来客用のソファに移動する。

テーブルを挟んで向かい合っても、斎藤はなかなか用件を切り出そうとしなかった。

「あの……。谷岡部長が言ってることって、本当なんでしょうか」

散々言いよどんだ後、斎藤がようやく重い口を開く。

「谷岡さんが言ってることって？」

「『フローラル・テラ』に、今後、企画部は必要ないっていう話です」

雪美は一気に動悸《どうき》が速まるのを感じた。

「そんなこと、私は考えていません」

語尾がかすれそうになるのを、かろうじてこらえる。

一体、どういうこと――？

不安そうに自分を見つめてくる斎藤に動揺を気取られまいと、雪美はテーブルの上で指を組んだ。

社長である自分を差し置いて、谷岡はなぜそんな勝手なことを吹聴しているのか。

〝じゃあ、誰かに乗っ取られるとか〟

耳の奥で、先日のキャロラインの甲高い声が木霊した。

〝ファミリー・カンパニーの社長がいなくなった途端、重役がメインバンクと組んで勝手にM&A進めちゃうとか、まじ、アメリカではよくあるわー〟

テーブルの上の指を、色が変わるほどきつく握りしめる。そうしないと、指先が震え出してしまいそうだった。

どうやら、キャロラインの勘は正しいようだ。やはり谷岡は、今後の「フローラル・テラ」

を牛耳ろうという野心を抱き、水面下でなんらかの動きをしているらしい。

「どうしてそういう噂が出るのか、谷岡部長とちゃんと話してみます」

雪美がそう続けると、斎藤は一転して怯えたような表情になった。

「あの、社長……。すみませんが、谷岡部長の前で私の名前は出さないでいただけますか」

「もちろんよ」

雪美はすぐさま請け負ったが、斎藤は相変わらず落ち着きなく視線をさまよわせている。彼女の狼狽《ろうばい》ぶりは、谷岡の扇動が既に若い社員たちの間で大きな影響力を持っていることを窺わせた。

「社長」

再び斎藤が固い声で呼びかけてくる。

「なに?」

「私……」

一瞬口ごもった後、斎藤が顔を上げた。

「企画の仕事、好きなんです」

真剣な眼差しに、雪美は胸を衝かれる。

「インスタでも、『フローラル・テラ』の薔薇の花を敷き詰めたブライダル相談コーナーに座るのが夢だって言ってくれてる人たち、結構多いんです」

何種類もの薔薇の花を贅沢に使用したブライダル相談コーナーのディスプレイは、雪美が企画部の女性スタッフたちと何日も議論して作り上げた労作だった。

ブーケや式場の装飾花をゆっくり選んでもらうために、顧客にローズティーを振る舞うアイディアを出したのは斎藤だ。

「私も『フローラル・テラ』には、企画部が不可欠だと思っています」

雪美が頷くと、斎藤はようやく微かな安堵の表情を浮かべた。

斎藤が帰ってから、雪美はしばらく一人でパソコンの画面をじっと見つめていた。今の「フローラル・テラ」を護りたいと思っているのが自分だけではないことに、初めて気づかされた。

でも――。

そのために、なにをどうすればよいのかが分からない。

谷岡は営業としては優秀な男だ。実績もあるし、社歴も雪美よりずっと長い。彼が率いる営業部を敵に回したら、数字を作ることはできない。

大丈夫なのかな、私……。

雪美は大きな溜め息を漏らす。

部長職の中で一番年下だった雪美は、谷岡や西野のような年長の男たちを従えて会社をまとめていく自信が、未だに充分には持てないのだった。

だから、お父さん。早すぎるんだってば……。

父のために十四年間世話をしてきた観賞植物を、雪美はそっと見つめた。

翌日、倒れ込むようにして眠っていた雪美は、チャイムの音に起こされた。

ベッドサイドの目覚まし時計を手に取れば、既に正午を過ぎている。カーテンの隙間から、春の明るい陽光が差し込んでいた。

再びチャイムが鳴る。

「しつこいな……」

目蓋をこすりながら、雪美はベッドを下りた。連日の深夜残業疲れは、この程度の朝寝では少しも解消しない。

宅配便ならボックスを使ってくれればいいものをと思いつつ、インターホンのモニターを見ると、そこに弟の泉が映っていた。

まったく……。

雪美はパジャマの上にカーディガンを羽織って渋々玄関へ向かう。

「くるならくるって、事前にメッセージでも寄こしなさいよ」

扉をあけて不機嫌に告げれば、泉は申し訳なさそうに眉尻を下げた。

「ごめん」

「まあ、勝手に合鍵を使って入られるよりはましだけどね」

「ほんと、ごめん……」

前回は「そのほうがサプライズ感があって面白い」というキャロラインに押し切られてしまったと言うけれど、そんな意見を鵜呑《うの》みにする泉にもおおいに問題がある。

「で、一体、なんの用よ」

リビングは散らかっていたが、雪美は開き直って泉を通した。

「うん……。新作のプロットを読んでもらおうと思って」

泉がおずおずとファイルを差し出してくる。

「はあ？」

相変わらずわけが分からない。なぜ自分が、ラノベのプロットを読まなければならないのか。

「そんなの、編集に頼みなさいよ。どうせまた、万能《チート》なロリっ子の話でしょ」

寝ぐせのついた髪をシュシュでまとめながら鼻を鳴らすと、泉が照れたような笑みを浮かべた。

「読んでくれてるんだね」

泉の視線の先に読みかけの文庫本が積んであることに気づき、雪美はいささか決まりが悪くなる。

「ただの暇潰しだから」

「それでも嬉しいよ」

素直に微笑まれ、雪美は頬が赤くなるのを感じた。

これだから泉は嫌なのだ。

純粋すぎる弟を前にすると、雪美はいつまでたっても臍曲《へそま》がりの「悪いお姉ちゃん」になってしまう。それに、今の自分に潰すような暇がないことは、雪美自身が一番よく知っていた。

泉がキッチンに立って紅茶を淹れている間に、雪美はファイルを開いてみた。

ビオラ、リリー、ローズ、サフラン……。

登場するのは、すべて花の名前を持つ妖精だ。

「これって……」

ページをめくりながら顔を上げると、「うん」と泉が頷いた。

「『フローラル・テラ』と、なにかタイアップができないかと思って書いてみたんだ」

散らかったテーブルの上に、紅茶のカップが置かれる。よほど丁寧に淹れたのだろう。たいして高い茶葉ではないのに、自分が淹れたときとはまるで違う、蘭を思わせる甘い芳香が立ち上った。

「実は、キャロに怒られたんだ。『フローラル・テラ』のことを、お姉ちゃんに任せすぎじゃないかって」

いかにも申し訳なさそうに、泉が眉を寄せて雪美を見る。

「だから、俺もなにかできることをしたいと思って」

雪美は無言でカップに唇を寄せた。ほのかな渋みとまろやかなコクが起き抜けの喉を爽やかに潤《うるお》していく。

あのキャロラインが、そんなことを……。

「ああ見えて、キャロは結構苦労してるんだよ」

雪美の秘かな感慨を読んだように、泉が続けた。

「駐在中の事故で、キャロは小学生のときに、ご両親を一度に亡くしているんだ」

「事故？」

「出張先から帰る途中で、乗っていた車がスリップ事故を起こしたんだ。長距離移動中に、悪天候に見舞われたんだって」

雪美は黙ってカップの中の紅茶を見つめる。あのお気楽そうなキャロラインに、そんな過去があったとは夢にも思わなかった。

インターナショナルスクールに通っていたキャロラインは、その後、両親の親友だった白人夫妻と国際養子縁組を組むことになったのだという。

「アメリカは養子大国だから、肌の色が違う家族もたくさんいるんだって。両親は実の子供同然に、キャロを大切に育ててくれたそうだよ。でも……、アメリカにも色々な人がいるからね」

泉が小さく首を横に振る。どれだけ人種の坩堝《るつぼ》であろうと、肌の色が違う子供を差別する人がまったくいないわけではない。人種の違う親子をとやかく言う向きもまた、同様だ。

それを気にしたのか否かは定かではないが、キャロラインは後に日本の大学に進学することを選んだ。ところが故郷のはずの日本でも、彼女は完全に異物扱いだった。

「さすがに中学や高校とは違うから、苛めみたいなのはなかったそうだけど、誰一人として、自分から近づいてきてくれる人がいなかったんだって。どこへいっても、遠巻きにされている感じだったって言ってた」

それは――。悪いけれど、分かる。

下手に気を許したら、あっという間に侵食されて、こちらが駆逐されてしまいそうなのだもの。

ポピーの花びらを思わせるキャロラインのふわふわとしたオレンジ色の髪を、雪美は思い浮かべた。

「アメリカでは東洋人だと言われ、日本ではアメリカ人だと言われるって、キャロは笑ってたよ。でも、俺、そういうことを明るく話せるキャロのこと、すごいなって思ったんだ」

泉が少し真面目な表情でこちらを見る。

「だって、誰からも避けられるなら、自分から飛び込んでいけばいいって、キャロは言ったんだ」

その言葉に、雪美もハッとした。

カリフォルニアポピーの花言葉は、「私を拒絶しないでください」――。

「だからって、合鍵使って勝手に部屋に入られるのは勘弁してほしいんですけど」

「ごめん、ごめん。でもキャロは、本当にお姉ちゃんと話がしたかったんだと思うよ」

雪美が読み終えたプロットを差し出すと、泉は頭を掻いた。

「で、どう？　面白かった？」

「うーん……。私はこういうの専門じゃないから、正直、よく、分からない」

「あのさ、まだここだけの話なんだけど、俺のデビュー作のシリーズ、アニメ化が決まったんだ」

「え、あのレズっぽいロリっ子の？」

思わず聞き返すと、嬉しそうに頷く。

「実は俺、その関係でキャロと出会ったんだよ」

そう言えば、キャロラインは日本のアニメーションを海外に紹介する仕事をしていると、彼女に会った初日に告げられた覚えがあった。

「アニメの人気が出れば、俺のラノベもそこそこ影響力を持つんじゃないかって思ってるんだ」

それは、確かに素晴らしいことなのだろうけれど。

「……ちょっと、『フローラル・テラ』の路線とは違うかな」

萌え系美少女の表紙イラストを思い返し、雪美は首を傾げた。雪美が今後力を入れていきたいのは、ブライダル系やインテリア系なのだ。

「まあ、普通に考えれば、俺もそう思うんだけど」

雪美の率直な反応に気分を害した様子もなく、泉が鷹揚に笑う。

「でもさ、反対に、俺の読者が『フローラル・テラ』に興味を持ってくれるかも。ラノベやアニメのファン層って、〝元ネタ〟探すの得意なんだよ。そこで、今までだったら絶対近づかない花屋で〝推《お》し〟の花でも買ってくれるようになったら、それはそれですてきなことじゃないかなって思ったんだ」

「推し……？」

「そう。だから、『フローラル・テラ』でも、何気にヒロインの名前のブーケとか作ってみてよ。〝推し〟のためなら、オシャンティの壁を乗り越えるのが、俺らの気概っていうか……。ま、俺らもそうそういつまでも、〝リア充爆発しろ〟とかばっかり言っていられないってことでもあるんだよね」

もっともらしい表情で、泉は何度も頷いてみせた。

「だってさ、オシャンティ女子が大好きなサリンジャーの『ライ麦畑でつかまえて』だって、俺からすれば〝元祖妹萌え〟に思えるんだよね。実際、オシャンティの壁は、それほど高くないんだよ。ホールデンの妹のバブみなんて、相当なものだもの」

半分以上なにを言っているのか分からなかったが、泉が泉なりに「フローラル・テラ」のことを考えてくれているということだけは理解できた。

「ありがと」

ぼそりと呟いただけなのに、泉はこちらが照れるほどに赤くなる。

「いや、俺のほうこそ、本当にごめん。キャロに言われるまで、お姉ちゃんが一人で大変な思いをしていることに、ちっとも気づかなかった。俺だって、『フローラル・テラ』に育ててもらったようなものなのに」

神妙に頭を下げられ、雪美は居心地が悪くなった。

相変わらず、泉は「いい子ちゃん」だ。

こんなに純粋な弟には、もしかしたらあれくらい突拍子のない相手のほうが、むしろバランスが取れるのかもしれない。

「……で、本気であの人と結婚したいわけ？」

上目遣いに尋ねると、泉は深く頷く。

「運命の相手だと思ってる」

よくもまあ、こんなセリフを堂々と口にできるものだ。

でも――。

家族の中にもう一人、「フローラル・テラ」について真剣に考えてくれる人がいるという事実は、雪美の張り詰めた心を少しだけ和らげた。

「それじゃ、仕方ないね」

溜め息交じりに告げれば、泉がぱあっと顔を輝かせた。

「ありがとう、お姉ちゃん！」

「その代わり、結婚式の装飾花は全部うちに注文して。家族割とか、絶対しないからね」

「了解、了解」

満面の笑みで頷いていた泉が、ふいに「あ、そうだ」と真顔になる。

「お姉ちゃん」

「なによ」

真剣な表情で見つめられ、雪美は少々身構えた。

「さっき、俺の作品を、レズっぽいロリっ子って言ってたけど、それ、ＬＧＢＴの人に対して失礼だから」

雪美を見据え、泉はきっぱりと言い切る。

「俺のはただのユリだから」

なにを言っているのかさっぱり分からなかった。


四月の半ばに入り、母の日の繁忙期を前に、「フローラル・テラ」の中途採用面接が始まった。

一番大きな会議室で、営業部長の谷岡と並んで席に着いた雪美は、苛立ちを隠すことができずにいた。

肝心な質問を繰り出そうとすると、たびたび谷岡に横から口を出される。酷いときには、完全に遮られてしまうことさえあった。

「谷岡部長、私が話している最中に、途中で口を挟むのはやめてください。妨害されているように感じますし、応募者も戸惑います」

面接者の入れ替えの隙を狙い、雪美は声を低めて抗議する。

「いや、そんなつもりはまったくありませんよ」

だが谷岡は、あくまでも空とぼけるつもりのようだった。

「ただ、面接時間を有効に使おうとしているだけです」

まるで、雪美の質問を時間の無駄だと決めつけるような口ぶりだ。谷岡の背後に控えた人事課長代理の檀上は、澄ましてお茶を飲んでいる。

歯噛《はが》みするような思いで、雪美はエントリーシートに眼を落とした。次の応募者との面接はなんとしても邪魔をされたくない。

杉本佳代《すぎもとかよ》、四十二歳。高学歴で、外資系会社でキャリアを積んできた逸材《いつざい》だ。なぜ彼女のような人物が「フローラル・テラ」への転職に興味を持ってくれたのか、ぜひとも詳しく聞いてみたい気持ちがあった。

「次の人、どうぞ」

谷岡がぞんざいな声を上げる。

ノックもせずに扉が開き、グレーのパンツスーツの女性が部屋に入ってきた。女性が迷うことなく部屋の中央に置かれたパイプ椅子に腰を下ろした瞬間、なぜか雪美はどきりとした。

額の真ん中で黒い髪を分けた杉本佳代は、一見能面《のうめん》のような地味な顔立ちだが、意志の強そうな眼差しをしている。

「あれー」

谷岡が、面白そうに佳代を見やった。

「あなた、なにも言われてないのに、勝手に座っちゃったねぇ」

その指摘は、古臭い面接マニュアルのイロハなのだろう。確かに今までの応募者は、こちらから「座ってください」と声をかけるまで、決して椅子に座ろうとはしなかった。

そんなことで面接者の気勢をそごうとする谷岡の態度が、雪美は気に障った。

「ジョブインタビューですから、皆さんの前に座るのは当たり前でしょう。それとも私以外の誰かが、ここに座るんですか」

しかし、雪美がとりなす以前に、佳代が真っ向からそう言い返してきた。不意を突かれ、谷岡も檀上も、眼を丸くしている。

「どうか、お気になさらないでください」

雪美はすぐに笑みを浮かべた。正面から眼が合った瞬間、やはり不思議な気分に囚われる。

「まず、志望動機をお聞かせいただけますか」

エントリーシートをめくりながら尋ねると、佳代はすっと背筋を伸ばした。

「御社の企画部に興味があったからです」

「企画部ねぇ……」

すかさず谷岡が間に入ってくる。

「あなた、随分高学歴みたいだけれど、別にフラワーアレンジメントの資格とかを持ってるわけじゃないでしょう。デザインスタジオやブライダルの企画とかに憧れてるんだったら、実務経験のない人にはお勧めできませんよ」

決めつけるような口ぶりに、雪美は焦った。

「まず現場に入っていただいて、通常のアレンジメントの経験を積みながら、企画部を目指すということは充分可能です。やる気さえあれば……」

「そう、まずは現場だね。実際に人手が足りてないのは店舗なんだから」

雪美の言葉を、谷岡が強引に奪っていく。

「でも、あなた、大丈夫かな。花屋っていうのは、綺麗なイメージだけじゃやっていけないよ。店舗の仕事は、基本、水仕事、力仕事、土仕事なんだから。店舗はアルバイトも含めて若い子ばっかりだしね」

谷岡は暗に、佳代の年齢のことを仄《ほの》めかしていた。嫌みな物言いに、雪美は顔をしかめそうになる。

「確かに仕事はきついですけれど、創意を生かせる工夫は店舗にもあると思います。まず、杉本さんがやってみたい企画があれば、弊社としては幅広く……」

「幅広く意見を集めるのも大事だけど、今必要なのは、店舗の即戦力だからね。肝心なのは学歴よりも、キャリアよりも、まず若さと体力だよ」

雪美を遮り、谷岡と檀上が頷き合った。面接の主導権をなんとしてでも渡すまいとする谷岡の態度に、雪美は秘かに唇を噛む。

「見苦しい！」

そのとき、突然厳しい声が飛んだ。

ハッとして顔を上げれば、佳代が腕を組んでこちらを睥睨している。

「なんなのよ、この面接。もしかして、圧迫面接のつもり？」

がらりと口調を変え、佳代は人差し指を立てた。

「大体、あんたさぁ、なんでさっきから、社長さんの質問にいちいち茶々を入れんのよ」

指を突きつけられ、谷岡がぽかんと口をあける。背後の檀上も、すっかり色をなくした。

「随分と高学歴の女がお気に召さないようですが、そういう女性嫌悪《ミソジニー》ってみっともないだけだから、お気をつけあそばせ。あんた、女の下では意地でも働きたくないっていう、妙な自意識《イーゴ》の持ち主でしょ。日本の企業って、未だにこういうのが幅利かせてるんだねー」

茫然としている雪美たちの前で、佳代がいきなり立ち上がる。

太いヒールで床を踏み、佳代は会議室の中をぐるぐると歩き回り始めた。

「なんか変だよね。あんたたち、なんかおかしいよ」

推理をする探偵のように、佳代は自分の頭に指を当てる。

「おい、なんなんだ、君は！」

ようやく我に返った谷岡が声を荒らげた。

「あ、分かっちゃったー！」

途端に、佳代が谷岡に向き直る。

「この会社ってさ、最近社長が変わったばっかりだもんね。あんた、その隙に、なんか悪だくみでもしてんじゃないの」

憤怒の表情を浮かべる谷岡に、尚も佳代は畳みかけた。

「もしかして、あんたさぁ、社内をひっかきまわして弱体化させて、最終的には大手に営業譲渡でもさせようとか企《たくら》んじゃってる？　もちろん、自分は大手からポストをもらう約束済みで」

谷岡の顔から、すっと血の気が引いた。

「そんでもって、後ろにいるカマキリみたいな社員には〝俺についてくれば大手に移れる〟とか言っちゃってたりしてぇ」

指差された檀上は、お茶に手をかけたまま完全に硬直している。

「やだ、図星ぃ？　あんたも随分自分のない男ね～」

嘲笑《あざわら》われ、檀上はお茶がこぼれるほどわなわなと震え始めた。

「だったら、あんたらみたいのが面接官を務めてる時点で、この面接茶番じゃないの。応募者にだって失礼よ！」

入ってきた当初とは別人のような甲高い声で男二人をやり込めている佳代の様子を、雪美は茫然と眺めていた。

まさか。

自分の眼を信じることができない。

しかし、その「まさか」なのだ。

あまりの変わりように、最初はまったく気づかなかった。

でも、この女性《ひと》は――。

改めてエントリーシートに眼をやり、愕然とする。

なにが、〝おねえちゃん〟だ。自分より、六つも年上だったとは。しかも、泉とは、一回り近くも違うではないか。

恐る恐る顔を上げれば、髪を黒く戻し、ラメ入りのアイシャドウや、てかてかのグロスリップを落としたキャロラインがそこにいた。

「それと！」

視線が合った瞬間、キャロラインがぐいぐい近づいてくる。

「社長さん、あんたも、もっとしっかりしなさいよ。こんな男にでかい顔されるのは、あんたに隙があるからよ」

眼の前のテーブルに、キャロラインがバンッと手をついた。

「こんな連中の顔色を窺って、ちんたら深夜残業なんかしてんじゃないわよ。今はあんたが社長でしょ。どうせ苦労するなら、自分のやりたいように苦労しなさいよ！」

雪美は大きく眼を見張る。

〝私、企画の仕事が好きなんです〟

なぜかそのとき、斎藤の真剣な表情が脳裏をよぎった。

〝インスタでも、「フローラル・テラ」の薔薇の花を敷き詰めたブライダル相談コーナーに座るのが夢だって言ってくれてる人たち、結構多いんです〟

そうだった。

雪美の胸に、久しく忘れかけていた情熱が込み上げる。

別に、祖父や父のためだけではない。自分だって、好きでこの仕事を続けてきたのだ。

ついプレッシャーに負けて、一番肝心なことを見失いかけてしまっていた。

雪美は植物を育てるのが上手だな――。

口癖のようだった父の言葉が甦り、雪美は目蓋をきつく閉じる。父は決して〝おひとりさま〟の自分を憐れんで、社長に任命したわけではない。

ごめんね、お父さん。こんな簡単なことに、気づけなかったなんて……。

雪美を疑っていたのは、谷岡でも檀上でもない。

社長としての自信を持ち切れなかった、弱い己自身だ。

目蓋の裏に、熱い涙が湧いた。

父が自分を三代目に選んだのは、純粋にその才能を買ってくれていたからだ。

植物を長持ちさせ、よい花を咲かせるためには、剪定や間引きが必要になる。ようやく雪美は、その覚悟を決めた。

「谷岡さん」

キャロラインが見守る中、雪美は背筋を正して谷岡に向き直る。

「もし、私にご不満があるなら、どうぞここを去ってください」

谷岡を見据え、雪美はきっぱりと告げた。

「『フローラル・テラ』は、私の会社です」

セキュリティーを解除してオフィスに入ると、早朝にもかかわらず五月の初夏めいた日差しが、オフィス一杯に差し込んでいた。

雪美はこの日も一番に出社した。いよいよ間近に迫ってきた母の日に向けて、すべての店舗の店頭《ファサード》を一層バージョンアップさせるのだ。

各店舗から寄せられたディスプレイ案のファイル一つ一つに眼を通す。流行のハーバリウムを取り入れたギフトセットの受注がなかなか好評のようだ。

ステンレス製の如雨露で観葉植物に水をやりながら、雪美は腰を伸ばした。

相変わらず、毎日が慌ただしい。業務は山積みで、業績は厳しい。

キャロラインが現れた面接の翌日、営業部長の谷岡が辞表を提出してきた。壇上をはじめ、何人かの社員たちもそれに続いた。

ベテランの谷岡が抜けた穴は、そう簡単には埋まらない。けれど、残った営業部員たちが精一杯頑張ってくれている。

デスクにつき、雪美はパソコンを立ち上げた。

一通りメールをチェックし、ツイッターの公式アカウントを開いてみる。

深紅のビゼット、濃い紫のノビオバイオレット、鮮やかなピンクのチェリオ……。美しくディスプレイされた色とりどりのカーネーションに、たくさんの「いいね」やリツイートがついている。特に、日本で開発された世界初の青色のカーネーション、ムーンダストは人気がある。

ふと雪美は、トレンド欄を眺めた。

そこに、常連だった「花言葉診断」のハッシュタグはない。

少し前に、突然診断が削除されてしまったのだ。作成者のアカウントも、今は消えている。フォロワーたちのツイートによれば、「伝えたかった相手に診断が届いたため、役割を終えた」という作成者からのコメントがあったらしい。

カリフォルニアポピー――花言葉「私を拒絶しないでください」。

最後の診断結果が、頭の片隅に浮かぶ。

初めてそれを見たときは、心の裡《うち》を言い当てられた気がして、居心地が悪くなった。

でも、きっと、誰だってそうなのだ。

「私を拒絶しないでください」

この世の中は、多くの人たちがそう思いながら、複雑にかかわり合って生きている。

それは恐らく、谷岡と共にこの会社を去っていった社員たちも、同じだったのだろう。たとえ拒絶や嫌悪や陰謀が前面に押し出されていたとしても、人の心の奥底には、「受け入れられたい」という願望が秘められているに違いない。

父にも、母にも、弟にも、私にも、その切望はきっとある。

私のことを好きな人にも、私のことを嫌いな人にも。

花言葉診断を作った女子中学生にも。診断を利用してきたあまたの人たちにも。

もっと言えば、膨大にして深遠な花言葉を延々と紡いできた、古《いにしえ》の人々もまた。

距離を測り、距離を誤り、支え合い、傷つけ合い、信じながら、疑いながら、愛しながら、憎みながら、これからも願いを込めて生きていく。

どうか、私を拒絶しないでください――。

公式アカウントを閉じ、雪美はじっと眼を閉じた。

色とりどりの花々が、様々な人の心を映すように揺れている。

さて……。

目蓋をあけ、雪美は業務用のドキュメントを開いた。

この繁忙期を乗り越えたら、次は泉とキャロラインのブライダルだ。結婚式の装飾には薔薇を使うのが一般的だが、今回はポピーを大量に使用してやろうと、雪美は企んでいる。カラフルでふわふわと漂う毒をはらんだ花は、キャロラインにぴったりだ。

面接後、雪美はキャロラインにメッセージを送った。

〝ありがとう。あなたのおかげで眼が覚めました。弟のことをよろしくお願いします〟と。

不採用通知と一緒にだ。

〝なーんだ、ユキミンとキャッキャウフフしながら働きたかったんだけどな〟

どこまで本気なのか分からない返信を思い返し、雪美はそっと苦笑する。

今では雪美は、弟の泉が一つの作品を書くために、膨大な資料を読み込み、何日も徹夜をし、ぼろぼろになりながら執筆に励んでいることも理解できるようになっていた。

再び髪をオレンジ色に染め、目蓋をラメでキラキラと光らせたキャロラインから、締め切り間際の泉を隠し撮りした動画が送られてきたからだ。

六歳年上の義妹は、これからも大いに毒をまき散らしてくれるに違いない。

花の精たちを主人公にした今度の泉の新しい小説に、オレンジ色の毒持ちヒロイン「ポピー」も登場させるように提案してみようと雪美はほくそ笑む。

オフィスに人の気配を感じて視線を向けると、西野経理部長が席に着くところだった。

谷岡から辞表を提出されたとき、雪美は西野も後に続くものだとばかり考えていた。だが西野は、「フローラル・テラ」に残ってくれた。

「西野部長、今日も早いですね」

声をかければ、「繁忙期ですから」と仏頂面で応じられる。

どうせ苦労をするなら、自分のやりたいように苦労をしろ。

キャロラインのこの言葉にも、雪美は深く胸を衝かれた。

事実、今の雪美は他人の顔色ばかり窺っていたときと違い、プレッシャーはあってもストレスは少ない。ベテランの谷岡に抜けられ、大きな痛手を負いながらも、新しい企画への情熱がふつふつと湧いてくる。そんな社長の姿に、若手社員たちも、少しずつ落ち着きを取り戻し始めているようだった。

仕事である以上、苦労はつきものだが、一人一人の従業員がそれを含めて楽しめる環境を作りたい。それもまた、雪美の新しい目標の一つだ。

「頼りにしてます」

思わず言葉をこぼすと、西野が一瞬キーボードを叩く手をとめる。

「こちらこそですよ、社長」

間仕切りの向こうで背中を向けている西野の表情は見えないが、その声は真っ直ぐだ。
ああ、ここにも。
私を受け入れてくれる人がいた。
父と自分を見守ってきた観葉植物の緑がじんわりと滲む。
陽光があふれるオフィスの中で、雪美と西野はそれぞれの業務に没頭していった。

【謝辞】

本稿の準備に当たり、たくさんの方に兄弟姉妹に関するアンケート、並びにインタビューにご協力をいただきました。この場をお借りして、心より御礼を申し上げます。

【主要参考文献】

池上良太『あなたの知らない美しく怖い花言葉』新紀元社
J・アディソン『花を愉しむ事典　神話伝説・文学・利用法から花言葉・占い・誕生花まで』樋口康夫・生田省悟訳　八坂書房
樋口康夫『花ことば―起原と歴史を探る』八坂書房
夏梅陸夫『花言葉「花図鑑」』大泉書店
フルール・フルール『花言葉・花事典―知る飾る贈る』池田書店
二宮孝嗣『美しい花言葉・花図鑑―彩りと物語を楽しむ』ナツメ社
学校法人伊東学園 テクノ・ホルティ園芸専門学校監修『飾る・贈る・楽しむ 花屋さんの花事典』ナツメ社
塚谷裕一『植物のこころ』岩波書店
田中修『植物はすごい―生き残りをかけたしくみと工夫』中央公論新社
本多るみ『花屋さんになろう！』青弓社
光田卓司『花店経営の基礎知識 10の成功法則：あなたのお花屋さん、繁盛させます。』誠文堂新光社
日本フローラルマーケティング協会編『お花屋さんの仕事 基本のき：今さら聞けない、仕入れ・販売・店作りのこと』誠文堂新光社

本書は２０１８年５月から２０１９年４月まで小社ｗｅｂマガジン「キノノキ」に連載した原稿を加筆修正したものです。

古内一絵（ふるうち・かずえ）
映画会社勤務を経て、中国語翻訳者に。第5回ポプラ社小説大賞特別賞を受賞し、2011年にデビュー。
2017年『フラダン』（小峰書店）で第6回JBBY賞（文学作品部門）を受賞。他の著書に『赤道 星降る夜』（小学館）、『キネマトグラフィカ』（東京創元社）、『十六夜荘ノート』（中央公論新社）等がある。「マカン・マランシリーズ」で多くの読者の心をつかんだ、今、新作が待望される作家の一人。

アネモネの姉妹　リコリスの兄弟

2019年8月23日　初版第一刷発行

著者　古内一絵
発行者　木村敏勝
発行所　株式会社キノブックス（木下グループ）
〒163-1309 東京都新宿区西新宿6-5-1 新宿アイランドタワー3F
電話　03-5908-2279
組版　株式会社キャップス
印刷・製本所　図書印刷株式会社

Printed in Japan
ISBN978-4-909689-50-4